MES ADIEUX

A BERCY

PAR

A. SABATIER (de Bercy)

DEUXIÈME ÉDITION

PARIS
CHEZ LEDOYEN, LIBRAIRE
PALAIS ROYAL

1860

MES ADIEUX A BERCY

Typ. GUIRAUDET et fils, place de la Mairie, 2, à Neuilly.

MES ADIEUX

A BERCY

PAR

A. SABATIER (de Bercy)

PARIS
CHEZ LEDOYEN, LIBRAIRE
PALAIS ROYAL

1859

. . . .

. . . .

Parlons maintenant du petit ouvrage dont vous avez bien voulu me faire l'amitié de me soumettre le manuscrit.

Je commencerai par vous dire en toute sincérité que j'ai été profondément sensible à ce témoignage d'affectueuse confiance de votre part; et je me hâte d'ajouter, aussi sincèrement, que j'ai lu votre œuvre avec beaucoup d'intérêt.

L'impression du public ne vous sera pas, j'en suis certain, moins favorable que la mienne.

Le pieux souvenir donné *in extremis* au pays qui fut votre berceau, et dont Paris avant peu sera la tombe, ne fait pas moins l'éloge de votre esprit que de votre cœur.

Vos *Adieux à Bercy* sont tout-à-la-fois d'un bon fils et d'un homme de talent.

Vous avez, à mes yeux, un mérite qui devient de jour

en jour plus rare par ce temps d'improvisation littéraire, c'est de vous être, avant de prendre la plume, bien pénétré de votre sujet, et entouré de tous les renseignements qui vous étaient nécessaires pour que votre ouvrage fût un livre vraiment sérieux et de *bonne foi*.

Aussi sagement ordonnés qu'écrits, vos *Adieux à Bercy* sont, selon moi, tout ce qu'ils devaient, tout ce qu'ils pouvaient être.

L'utile et l'agréable s'y donnent la main.

Omne tulit punctum qui miscuit utile duci, disait Horace.

Ce but, auquel il n'est pas moins difficile d'arriver que d'*aller à Corinthe*, vous me paraissez l'avoir atteint. . .

. . . .

. . . .

Votre ancien condisciple qui vous serre bien cordialement la main.

G. D'HÉRAMBERT.

Buc (Seine-et-Oise), 12 décembre 1853.

En livrant à la publicité mes *Adieux à Bercy*, je n'ai aucune prétention, Dieu m'en garde! au titre de littérateur.

Je suis négociant, — je ne suis pas écrivain.

Si de temps à autre il m'arrive, — quand la fantaisie m'en prend, — de risquer un pas ou deux dans un domaine qui n'est pas le mien, c'est que nourri dès l'enfance du lait savoureux des lettres, je leur ai voué de bonne heure un culte qui ne finira qu'avec ma vie; mais ce culte est tout-à-fait désintéressé. J'aime les lettres d'un amour purement platonique, — non pour moi, — pour elles-mêmes.

Que le lecteur, après cet aveu bien sincère, s'abstienne donc de jeter la pierre à ce qu'il pourrait appeler ma vanité.

Simple distraction jusqu'ici, ma *vanité* est cette fois, — pour lui donner son nom véritable, — de la reconnaissance.

Aujourd'hui qu'en vertu du décret du 12 février 1859, Bercy est à la veille d'être annexé à la capitale, il m'est doux de consacrer quelques lignes de bon souvenir et d'adieu à un pays où fut mon berceau et où mon si regrettable père a sa tombe; à un pays où je suis né, où j'ai grandi, où je suis devenu homme.

Ce travail m'a été d'autant plus facile, que M. Bertrand, chef de l'état civil à la mairie, a bien voulu me fournir les documents qui me manquaient.

Qu'il en reçoive ici mes meilleurs remerciements!

Mes renseignements sont tous puisés à bonne source; je ne redoute donc pas plus les réclamations que les récriminations.

J'ai, — de plus, — trop le sentiment des convenances pour n'avoir pas la certitude d'y être, dans le cours de ce petit ouvrage, constamment demeuré fidèle.

Je l'ai écrit loyalement, avec cette franchise que mes amis veulent bien me reconnaître.

Enfin, — *si parva licet componere magnis*, je ne crains pas de dire comme Montaigne en tête de ses *Essais* · « *Ceci est un livre de bonne foy.* »

Bercy, ce 20 décembre 1859.

UN MOT SUR L'ANNEXION

Depuis une dizaine d'années les communes comprises entre le mur d'octroi et le mur d'enceinte de Paris étaient sous le coup du décret du 12 février 1859.

Bon nombre d'habitants, commerçants, fabricants, industriels, avaient, en conséquence, pris leurs précautions pour sauvegarder de leur mieux leurs intérêts.

On n'en vit pas moins, au moment où fut décrétée l'annexion des communes de la banlieue à la capitale, surgir de tous côtés des réclamations auxquelles il était impossible que le gouvernement fît droit.

La mesure était générale ; elle devait frapper tout le monde.

Toutefois des enquêtes eurent lieu.

Dès l'apparition du projet de loi, la commission des vins et eaux-de-vie de Bercy s'est réunie ; et, se déclarant incompétente, elle a jugé devoir faire appel au commerce.

Des lettres de convocation ont été envoyées à cet effet, et, le 22 février dernier, plus de trois cents négociants ont répondu à l'appel qui leur était adressé.

Après avoir, dès l'abord, écarté deux propositions dont nous n'avons point à nous occuper ici, l'assemblée décida, *à la presque unanimité*, qu'il y avait lieu de demander au gouvernement la création, sur l'emplacement actuel, d'un entrepôt semblable à celui du quai Saint-

Bernard : car, s'accordait-on à dire, assis au bord de la Seine entre le chemin de fer de Lyon le chemin de fer d'Orléans, Bercy, par sa position topographique, possède à souhait tous les avantages nécessaires à son commerce.

Cette décision prise, chacun s'est rendu de son côté à la mairie, où, sur le livre d'enquête ouvert *ad hoc*, a été consigné par tous le vœu « qu'un entrepôt semblable à celui de Paris « soit établi à Bercy et vienne assurer, dans « le plus bref délai possible, l'avenir du com- « merce des liquides. »

A ce vœu, le gouvernement a répondu par un décret qui assujettit pendant dix ans le commerce des vins et spiritueux au régime de l'exercice à domicile.

Ce système est absolument le même que celui qui est appliqué aux villes de province (article 39 de la loi du 28 avril 1816).

Nous n'avons point à apprécier cette loi ; elle est votée, — il ne nous reste plus qu'à nous y soumettre.

Le gouvernement, d'ailleurs, a trop à cœur la prospérité du commerce, pour que tout son intérêt ne nous soit pas acquis.

Nous avons donc, — quelles que soient les difficultés d'exécution que nous semble présenter la loi dont nous venons de parler, — nous avons donc la ferme confiance que, sous l'empire de cette loi, l'honnête négociant rencontrera, en toute circonstance, le bienveillant appui des autorités supérieures.

ORIGINE DE BERCY

La commune de Bercy a fait partie jusqu'à ce jour de l'arrondissement de Sceaux, département de la Seine.

Le décret sur l'extension des limites de Paris a compris cette commune dans le XIIe arrondissement.

Bercy a été créé en 1789 (décrets des 19-23 octobre). Son territoire a été formé de la portion de Paris retranchée de la capitale par la construction du mur d'octroi depuis la barrière de la Rapée jusqu'à celle de Picpus inclusivement. On y a joint la partie à l'Est qui, précédemment, dépendait de Conflans.

Ce territoire s'étend :

A l'*Ouest*, depuis la barrière de la Rapée jusqu'à celle de Picpus, longueur 1,880 mètres

Au *Nord*, de la barrière de Picpus à l'avenue des Noyers, à l'angle sud du parc de Vincennes. 630 —

A l'*Est*, de l'avenue des Noyers à l'extrémité de celle des Dames de Conflans qui aboutit au port. 2,210 —

Au *Midi*, de l'avenue de Conflans à la barrière de la Rapée. 2,555 —

Longueur totale de la circonférence. 7,275 –

La parallèle à la méridienne de l'Observatoire de Paris passant à Bercy, à 200 mètres de la barrière de Charenton,

Longueur du Nord au Midi 1,400 mètres;

La perpendiculaire passant par le centre de l'église,

Longueur, 1,950 mètres.

La portion de terrain située entre les rues de Bercy et de Charenton, sauf celle qui est affectée au commerce des vins et aux maisons d'habitation, est, en grande partie, (sur une superficie de dix à douze hectares), occupée par le chemin de fer de Lyon, et par quelques terrains cultivés en marais.

Enfin, la portion Nord de la commune est presque entièrement cultivée de la même manière.

Au dernier recensement (1856), la population de Bercy était de 14,495 habitants.

Sous le règne de Louis VI, *le Gros* (1108-1137), son territoire était renommé pour sa fertilité en grains.

C'est depuis environ un siècle seulement, que, de plantureuse campagne qu'il était autrefois, Bercy est devenu peu à peu le vaste entrepôt qu'il est aujourd'hui, de vins, d'eaux-de-vie, d'huiles et de vinaigres.

Destiné à l'approvisionnement de Paris et des localités suburbaines, cet entrepôt s'est successivement accru dans la proportion des développements qu'a pris la capitale.

Il se forma dans la commune trois groupes de population bien distincts : La *Rapée*, *Bercy* et la *Grand' Pinte*.

On ne parle plus aujourd'hui que pour souvenir des deux autres divisions ou subdivisions appelées : la *Vallée de Fécamp* et le *Ponceau*.

La Rapée a sa barrière du même nom, Bercy

pareillement; mais on arrive à la Grand'Pinte par la barrière de Charenton.

Vous voyez encore dans la rue de Charenton, au coin de la rue Grange-aux-Merciers, la maison d'un marchand de vins détaillant, qui porte pour enseigne une grande pinte : de là, le nom de Grand'Pinte donné au voisinage.

La pinte, — chacun le sait, — était le litre de nos pères.

Cette maison, dont le propriétaire actuel est M. Chrétien, appartenait en 1720 à Cartouche, ce proto-type du voleur-assassin.

Sur le derrière de la maison existe une petite cour qui a été témoin de bien des crimes, et dans cette cour un puits.

Penchez-vous sur la margelle de ce puits, et vous y apercevrez intérieurement, à la distance d'un mètre, une ouverture, — maintenant interceptée par une barre de fer scellée dans la pierre, — qui pouvait alors livrer passage à un homme.

Cette ouverture était l'entrée d'une voie souterraine se perdant dans les marais.

C'est là que se réfugiait Cartouche quand la maréchaussée envahissait son repaire.

Il avait fait acquisition de cette maison pour y mettre en sûreté le produit de ses brigandages et présider dans les grandes occasions le conseil de ses complices.

Le 27 septembre 1720, Cartouche et plusieurs des membres de sa redoutable bande, — hommes et femmes, — réunis dans une salle-basse, buvaient à une table, tandis que, à une autre table, causaient et trinquaient un sieur Mondelot, garçon tanneur, et quelques ouvriers de ses amis.

Un joueur de violon était entré par hasard dans la salle, et comme sa recette de la journée avait de quoi allécher les vide-goussets du quartier, et que la nuit était déjà avancée et fort sombre, il avait témoigné l'intention de se retirer.

Les *Cartouchiens* s'étaient opposés à sa sortie, soutenant qu'il était à leur service et qu'il devait continuer à jouer aussi longtemps qu'il leur plairait de le payer.

Mondelot et ses amis avaient pris fait et cause pour l'artiste ambulant, et une querelle s'en était suivie. Les ouvriers n'avaient d'autre arme que leurs poings; les *Cartouchiens* firent usage de leurs pistolets et de leurs poignards, et le pauvre garçon tanneur tomba mortellement frappé.

Les femmes, dans cette lutte inégale et sanglante, ne s'étaient pas montrées moins féroces que les hommes, et l'une d'entre elles, Marion Le Roy, *anquilleuse* de son métier, avait tiré deux coups de pistolet sur les archers, quand ceux-ci étaient accourus pour se saisir des assassins de Mondelot.

Grâce à son puits, Cartouche réussit cette fois encore à dépister les limiers de M. le lieutenant de police ; mais, malgré le nom de guerre et le déguisement dont il s'était affublé après sa fuite, il ne tarda pas à être reconnu et arrêté, un soir qu'il traversait la rue Guénégaud.

Il est inutile d'ajouter que peu de temps après, à la suite d'un procès qui fait époque dans les annales du Châtelet, ce rusé et hardi brigand, l'effroi de Paris et de ses alentours, subit devant une foule immense, en place de Grève, le supplice de la roue dans toute son épouvantable horreur.

Reprenons maintenant, — où nous l'avons laissée, — la description que ce récit est venu interrompre.

L'endroit où l'on retire les bateaux se trouve

sur la rive gauche, en face des quais de Bercy et de la Rapée, et se nomme la *Gare d'Ivry*, ou simplement la *Gare.*

Deux ponts mettent en communication les deux rives du fleuve. La Rapée et Bercy se relient à la Gare par un pont suspendu, tandis que le haut de Bercy se rattache à ladite Gare par le pont même du chemin de fer de ceinture.

Le panorama qu'on découvre de l'un et de l'autre de ces ponts ne manque ni de variété ni d'animation. Ici, c'est la Seine dont les verts méandres se déroulent au loin dans les campagnes; là, Paris aux édifices bizarrement groupés autour de Notre-Dame qui les domine de toute la hauteur de ses deux noires et massives tours, et de la flèche dentelée qui en forme aujourd'hui l'élégant et léger couronnement; là, enfin, l'incessante activité qui, du matin au soir, règne sur le quai de la Rapée, et qui donne à ce quai une physionomie si accentuée, si vivante.

Le pont suspendu de Bercy fut construit en 1831.

MM. Bayard et Vergès en furent les architectes.

Louis-Philippe en posa la première pierre.

On raconte, à l'occasion de cette solennité, l'anecdote suivante, dont nous garantissons l'authenticité.

A la tête du Conseil municipal de Bercy, l'honorable M. Renet, maire de la commune, tenant à la main un discours écrit par lui pour cette circonstance, s'approcha de Sa Majesté, afin de lui en donner lecture.

« Sire, commença-t-il avec une émotion plus « que vive, je suis heureux... très heureux... « d'être l'interprète... des... des... sentiments « du... »

Alors, Louis-Philippe, ne voulant pas prolonger davantage le comique embarras de M. Renet, se prit à sourire avec une bonté assaisonnée d'un grain d'innocente malice, et, prenant doucement le manuscrit des mains de ce digne magistrat, lui dit avec cette affabilité grâcieuse dont il avait le secret :

« Très bien, très bien ! M. Renet... Vous me lirez... la suite ce soir aux Tuileries, où votre couvert sera mis. »

Ce ne fut pas, du reste, la seule fois que M. Renet eut l'honneur de s'asseoir à la table royale, tant aux Tuileries qu'au château de Neuilly, dont sa maison de campagne était voisine.

Louis-Philippe avait pour lui une telle estime que, plus tard, il voulut bien apposer sa signature au bas du contrat de mariage de son fils.

Le Conseil d'administration du pont de Bercy ayant adressé à l'autorité supérieure une demande tendante à obtenir l'autorisation de reconstruire ce pont d'après le système des ponts rigides, M. le sous-préfet de Sceaux, par sa lettre du 21 janvier 1848, invita le maire de Bercy à soumettre cette demande à son Conseil.

Il y avait urgence : les oscillations continuelles du tablier de ce pont formaient, — comme aujourd'hui encore, — un obstacle fâcheux à la circulation des voitures lourdement chargées.

Cette construction devait être faite sous la direction de MM. Simonet, président du Conseil d'administration du pont, et Vuignier, ingénieur, par MM. Jacquesson et Guyot, entrepreneurs.

Ces Messieurs avaient soumis, dès le 27 janvier 1847, le nouveau plan à M. le ministre des travaux publics.

M. Baude, ingénieur des ponts-et-chaussées, approuva ce plan.

Le Conseil municipal de Bercy, réuni le 9 février 1848 sous la présidence de M. Libert, en vota à l'unanimité l'exécution.

La compagnie, qui s'en chargeait à ses frais, risques et périls, ne demandait pour toute rétribution que vingt ans de péage.

Mais la révolution de février empêcha malheureusement qu'il fût donné suite à cette affaire comme à tant d'autres ; et il y a tout lieu de le regretter, car le besoin de la reconstruction de ce pont se fait chaque jour de plus en plus vivement sentir.

Le pont du chemin de fer de ceinture a été commencé au mois de juillet 1852, et terminé en 1854.

Il a été construit par M. Couche, ingénieur des mines, ingénieur en chef, assisté de M. Petit, ingénieur.

M. Libert, maire de Bercy, en a été le parrain.

Par délibération en date du 9 septembre 1852, il proposa à son conseil d'adresser à S. Exc. M. le ministre de l'Intérieur une supplique à l'effet d'obtenir que ce pont fût nommé pont Napoléon.

« L'administration supérieure, dit-il, a déjà « donné à ce pont le nom de pont de Bercy, « mais ce nom (dont cependant nous serions « bien fiers), ce nom est trop modeste. Au plus « beau pont de France, il faut donner le plus « beau nom de France, celui de Napoléon! »

Ces nobles paroles trouvèrent un sympathique écho dans le cœur de tous les conseillers présents, et la supplique proposée fut votée par acclamation.

Par une autre délibération en date du 18 février 1852, M. Libert avait émis le vœu que l'autorité supérieure « voulût bien ordon- « ner qu'il fût établi sur le pont du chemin de

« fer de ceinture une voie spéciale pour les « voitures et les piétons, avec un accès facile à « la route militaire. »

Ainsi donc, si le pont Napoléon est double, c'est à l'initiative de M. Libert que Bercy en est redevable.

Ce pont, dont la construction fait le plus grand honneur à l'habileté consommée de MM. Couche et Petit, a cinq arches sur l'eau et deux arches sur terre : l'une livrant passage à la route qui va aux carrières-Charenton ; l'autre traversant le quai de la gare, en face de la route d'Ivry.

La vaste plaine où est situé Bercy était autrefois couverte de maisons de campagne, dont quelques-unes étaient décorées du nom de châteaux.

De ce nombre étaient le *Grand-Bercy* et le *Petit-Bercy*.

L'un s'élevait au-delà, et l'autre en-deçà de la rue Grange-aux-Merciers, ou plutôt aux *Messiers*, comme on l'appelait originairement.

Sur la limite de Bercy et des Carrières-Charenton, Mgr de Quelen, archevêque de Paris, possédait, à l'époque de la révolution de juillet, une jolie villa, qui, dans la matinée du mercredi des cendres 1831, fut inopinément envahie et saccagée par l'émeute.

Restaurée un peu plus tard, cette villa est aujourd'hui habitée par un riche négociant en vins, M. Portier, neveu.

En 1787, les mariniers de la Rapée, réunis à ceux de Bercy, donnèrent une joûte sur l'eau, et le public y prit un vif plaisir.

Constamment renouvelée depuis, au mois de juillet de chaque année, cette joûte, dont la commune fournit généreusement les prix, a toujours le privilége d'intéresser les nombreux spectateurs qu'elle attire.

La *Rapée* doit son nom à une maison de plaisance bâtie par un commissaire des guerres de ce nom, sous le règne de Louis XV.

Cette propriété était sise sur l'emplacement du magasin à fourrages, et s'étendait par son parc jusqu'au n° 10 du port de Bercy, et jusqu'au n° 20 de la rue de ce nom.

La partie comprise entre la rue de Charenton et le port a été longtemps malsaine. Cela provenait de la facilité avec laquelle, — vu son niveau très bas, — s'y infiltraient les eaux de la Seine, et, par suite, des émanations putrides qui s'en exhalaient pendant les chaleurs.

Les rues pavées à la diable, — quand elles étaient pavées, — étaient bien loin d'avoir un écoulement suffisant ; les eaux croupissaient dans les ruisseaux, et le mélange des immondices, particulièrement des lies de vin, en faisait d'affreux cloaques.

La rue Grange-aux-Merciers et la rue du Commerce étaient impraticables une partie de l'année.

Derrière la caserne, sur l'emplacement actuel de la rue Montmartel, l'eau de la rivière, qui y arrivait par infiltration, occasionnait, à force d'y séjourner, de fréquents cas de fièvres paludéennes.

Dans les marais qui s'étendaient de la rue de Bercy à la rue Libert, — marais comblés maintenant et occupés par les gares des marchandises du chemin de fer de Lyon, — on voyait sourdre l'eau chaque fois que grossissait quelque peu la Seine; et il s'y trouvait, en outre, un égoût découvert, venant de la vallée de Fécamp, et recevant toutes sortes d'immondices qui en rendaient le voisinage insupportable et même des plus insalubres.

Mais, — disons-le bien haut à sa louange, — l'administration municipale a successivement cautérisé toutes ces plaies béantes et infectes; et, Dieu merci ! l'énergie du remède a tout-à-fait, à l'heure qu'il est, triomphé de l'énergie du mal.

GRAND CHATEAU ET PARC

Le château du *Grand-Bercy* fut construit par les soins de la famille Malon, sur les dessins du célèbre Mansard, l'un des architectes du palais de Versailles.

Devenu possesseur de ce superbe domaine, d'Ollier, marquis de Nointel, fit restaurer, ou plutôt reconstruire l'édifice sur les plans de Le Vau, architecte, — comme Mansard, — du roi Louis XIV. Puis, le fameux Le Nostre dessina le parc, — un parc de trois cents arpents, — le décora d'avenues magnifiques, l'environna de délicieux jardins, et le borda, du côté de la Seine, par une longue terrasse.

M. Paris de Montmartel acheta, en 1706, cette belle propriété.

Cet opulent fermier-général, — le Rothschild de son temps, — fit élever le gros pavillon en pierre de taille, — style du XVIIIe siècle, — qu'on voit, et par le quai, et par la route de Charenton.

On a longtemps appelé *Pâté-Paris* ce massif bâtiment, qui a été complètement séparé du château par les fortifications et par le chemin de fer de ceinture qui traverse Bercy.

Il est occupé aujourd'hui par M. Delaleu, commissionnaire en vins au coin de la rue Grange-aux-Merciers et du port.

M. le général Chanet et M. Dutilloy, son gendre, qui en avaient acquis les dépendances sous l'Empire, les ont revendues en 1814 au gouvernement.

Ces dépendances servaient jadis d'orangerie.

Le gouvernement en a fait une caserne de cavalerie.

La gendarmerie y a été casernée pendant plusieurs années.

Converties ensuite en magasins à fourrages pour la garnison de Vincennes, elles ont été, en dernier lieu, retransformées en caserne du train des équipages, dont les troupes font le service des transports de l'armée de Paris.

M. de Calonne, ministre de Louis XVI, ayant loué le *Grand-Bercy*, entreprit de donner au parc français de Le Nostre la physionomie d'un parc anglais.

L'*anglomanie* faisait alors fureur à la ville comme à la Cour.

Pendant la révolution, on établit sur une partie des terrains du parc une fabrique de papiers peints, remplacée bien longtemps après par l'entrepôt Richard.

Dans ce parc, si déchu de son antique gloire, on découvre encore quelques pelouses écornées par la charrue, quelques statues mutilées par les ans.

Deux grands lions de pierre, que le temps n'a guère plus épargnés que ces statues, font mélancoliquement sentinelle en face du château, au bord de la route qui côtoie la Seine.

Quoique envahie par le travail de la civilisation moderne qui, dans son inextinguible soif de jouissances matérielles, sacrifie en toutes choses et sous toutes les formes le beau à l'utile, cette historique demeure, contemporaine du grand roi et du grand siècle, n'en conserve pas moins, sous ses rides deux fois séculaires et jusque dans ses ruines vénérables, un ineffaçable cachet, un imposant caractère d'aristocratique grandeur.

Le *Grand-Bercy* appartient aujourd'hui à M. le comte de Nicolaï, qui l'a hérité de son père ; mais il n'a jamais été sa résidence favorite, — surtout depuis l'année 1846.

L'Empereur Napoléon III, étant Président de a république, vint le visiter, en mémoire du séjour momentané qu'en 1814 la reine Hortense, sa noble mère, y fit avec ses enfants.

M. Arsène Vavasseur, régisseur du château, fut tout heureux et tout fier de lui en faire les honneurs, et notre empressé cicerone se garda bien d'oublier de conduire son illustre visiteur dans le grand salon, où il savait qu'il avait couché à l'âge de six ans.

En traversant le jardin qui donne sur la terrasse, le prince Président se baissa pour cueillir une violette qui se trouvait sur son passage.

Pieux et touchant souvenir que celui-là!

En effet, lorsque la reine Hortense habitait la Malmaison, en 1814, elle manda un jour auprès d'elle ses deux charmants enfants.

Après les avoir interrogés sur ce qu'ils savaient déjà, elle passa en revue tout ce qu'ils avaient besoin de savoir encore pour pouvoir, en cas de complet dénuement, se suffire à eux-mêmes et assurer leur existence.

« — Si tu ne possédais plus rien du tout et « que tu fusses seul au monde, dit-elle à son « fils aîné, que ferais-tu, Napoléon, pour te « tirer d'affaire?

« — Je me ferais soldat, et je me battrais « si bien qu'on me ferait officier.

« — Et toi, Louis, reprit la reine, en se tour- » nant vers notre futur empereur, que ferais- « tu pour gagner ta vie?

« Le petit Prince, qui avait écouté très-gra-
« vement ce qui venait d'être dit, sentant bien
« que le fusil et le sac, quelque petits qu'ils
« fussent, étaient encore au-dessus de ses for-
« ces, répondit :

« — Moi, je vendrais des bouquets de vio-
« lettes comme le petit garçon qui est à la
« porte des Tuileries et auquel nous en ache-
« tons tous les jours.

« Et la reine d'embrasser avec effusion ses
« deux enfants! (1) »

(1) *Mémoires sur la reine Hortense*, par Mlle Cochelet.

PETIT CHATEAU, DÉPENDANCES

Nous avons dit que le *Petit-Bercy* se composait des terrains situés entre la rue Grange-aux-Merciers et la barrière de la Rapée.

Un parc superbe entourait le bâtiment appelé le Petit-Château.

Ce parc fut acheté par une compagnie qui louait des emplacements aux marchands de vins.

MM. de Chabons et de Cussy firent acquisition de la partie afférente au Petit-Château, et la revendirent en 1815 à M. Gallois père, dont nous reparlerons dans ce chapitre.

Le Petit-Château de Bercy m'est cher malgré les douloureux souvenirs qu'il me rappelle ; ma famille l'a habité pendant quatorze ans. C'est là que j'ai reçu le jour et que s'est écoulée mon enfance ; mais c'est là aussi que ma grand-mère maternelle s'est éteinte, et que, bien jeune encore, j'ai eu le malheur de perdre mon bien-aimé père.

Aujourd'hui, le Petit-Château est occupé en grande partie par M. Fleurot, l'un des plus anciens et des plus honorables négociants de Bercy.

On arrive de la grande rue de Bercy à la grille du Petit-Château par une longue avenue bordée d'arbres de chaque côté, autrefois désignée sous le nom d'*Allée des Pommiers*, parce que des pommiers la longeaient à droite et à gauche dans toute son étendue.

Cette grille ouvre sur une vaste cour, à

droite de laquelle vous remarquez le pavillon du concierge, pavillon dont le style est celui du temps d'Henri IV.

Dans cette cour montent majestueusement vers le ciel de grands marronniers, dont les opulents et frais ombrages ont vu passer bien des générations.

Si ces arbres pouvaient parler, que de choses ils vous raconteraient, sans omettre les amoureux entretiens auxquels s'abandonnaient dans leurs promenades sentimentales la Grande Mademoiselle (fille de Gaston d'Orléans, frère de Louis XIII), et le duc de Lauzun, qui dans leurs excursions champêtres avaient une prédilection marquée pour ce lieu, alors complètement solitaire.

Ces arbres vous diraient encore que le duc de Chartres, — qui fut plus tard le roi Louis-Philippe, — vint bien des fois dans sa première jeunesse s'asseoir ou égarer sous leur épais feuillage ses rêveries, qui commençaient déjà sans doute à se teindre des sombres couleurs de la révolution, dont il pressentait les prochains et sanglants orages.

Le grand potager du château a été remplacé par un entrepôt de vins, dont M. Abel Laurent, ex-agent de change, est devenu propriétaire.

Sur l'emplacement de l'ancien jardin anglais ont été percées les rues Gallois, Laroche, Léopold, Saint-Louis et Sainte-Anne.

M. Gallois, à qui appartenaient ces rues, leur donna à chacune un nom se rattachant à sa famille.

Son prénom était *Louis*, le lieu de sa naissance, *Laroche*.

Mme Gallois s'appelait *Anne*, et leur dernier enfant *Léopold*, — excellent jeune homme, mort vingt-trois ans à Marseille, après six mois de ariage.

Le numéro 3 de la rue Laroche, qui n'était nnu il y a vingt ans que sous le nom de *aison Jaune* à cause de sa couleur, servait de gis aux gens du château, particulièrement aux alefreniers qui avaient leurs écuries à l'entour.

Derrière cette maison était le petit potager.

Remplacé par des magasins de vins, il est aversé présentement par le passage Beaujolais.

Dans cette même rue existe encore une anenne maison, dont on a fait un petit restaunt que les voisins d'il y a quinze ans avaient aptisé du nom de Restaurant de la *Modestie*, ans doute parce qu'on y vivait à très-bon ompte. Caussidière, l'ex-préfet de police de la évolution de 1848, y venait quelquefois déeuner.

Nous nous souvenons d'avoir vu, il y a vingt

ans au plus, les terrains du quartier presque entièrement occupés par des chantiers.

Une seule maison (15, rue Gallois), qui est encore debout et qu'habitait un militaire retraité, M. Devilliers, son propriétaire, était pour ainsi dire enterrée sous les piles de bois : car cette maison n'a qu'un seul étage, qui pourrait même passer à Paris pour un entresol.

Revenons à M. Gallois.

M. Louis Gallois, l'un des premiers propriétaires-négociants de Bercy, expédiait ses vins des vignobles en bateaux.

Ces bateaux s'arrêtaient à l'endroit dit des *Deux Lions*, en face le château du Grand-Bercy.

C'est là qu'il venait vendre sa marchandise, pour s'en retourner dans les vignobles faire de nouvelles acquisitions.

Le commerce n'opérait guère autrement dans ce temps-là.

M. Gallois, après avoir, c'est le cas de le dire mené sa barque avec autant de succès que d'habileté à travers tous les écueils du négoce, prit terre à Bercy, où il acheta plus tard le Petit-Château.

Le 20 décembre 1815, M. Gallois fut nommé maire de Bercy, mais il ne conserva pas longtemps ce poste.

Elu membre du tribunal de commerce, il fut bientôt nommé chevalier de la Légion-d'Honneur.

Enfin, fatigué des affaires, M. Gallois se retira à Paris, d'où il venait chaque année passer la saison d'été à sa jolie maison de campagne de Brareil-la-Folie (Seine-et-Oise).

C'est là qu'il mourut, à l'âge de soixante-quinze ans, laissant deux fils : l'un M. Jules

Gallois, comte de Naives, qui a hérité du Petit-Château; l'autre, M. Félix Gallois, qui vit de ses revenus en Normandie.

La dépouille mortelle de M. Louis Gallois repose au cimetière de Bercy.

Administration municipale, depuis 1789.

DATES	MAIRES	1er ADJOINT	2e ADJOINT
9 14 novembre.	RENAT, Edme.	MAINGUET.	«
0 an VIII, 21 floréal.	DUFLOCQ, Nicolas-Henry.	ROYÉ.	«
3 an II, 6 frimaire.	«	GILLET, Louis.	«
7 28 décembre.	«	MAINGUET, Jean.	«
1 29 juin.	«	TRICOT, Claude-Nicolas-Antoine.	«
4 7 janvier.	DE CHARONS.	«	«
5 20 décembre.	GALLOIS, Louis.	«	«
7 14 avril.	«	LARGUEZE, Bernard-Étienne.	«
1 21 août.	comte NICOLAÏ, Aymard-Chrét.	«	«
1 4 octobre.	«	TRICOT, Claude-Nicolas-Antoine.	«
0 17 septembre.	RENET, François-Marie.	PORTIER, Louis-Marie-Philibert.	SOULAGES, Camille-Zacharie.
2 14 janvier.	PORTIER, Louis-Marie-Philibert.	SOULAGES, Camille-Zacharie.	DUCHAUSSOY, Jean-Jules.
2 28 août.	LIBERT, Pierre-François-Mari.	DUCHAUSSOY, Jean-Jules.	LARROZE, Pierre.
5 24 février.	«	«	FAVRICHON, Claude.
7 22 août.	«	«	PARIS, Charles-Henry.
8 juillet.	«	HUGOT, Claude-François.	ROSEY, Antoine-Isaac.
9 9 novembre.	«	«	LIGERON, François-Denis.
2 18 août.	«	«	DUPÉRIÉ PELLOU, Philippe-Louis
6 10 mai.	«	«	LAVEUR, Antoine.
7 12 juin.	AQUART, André.	«	«
9 6 janvier.	«	«	«

On voit par ce tableau que M. Libert a administré la commune pendant vingt-quatre ans.

Ancien négociant, ancien membre du conseil général de la Seine, chevalier de la Légion-d'Honneur, M. Libert s'est voué corps et âme, il faut lui rendre cette justice, — à ses fonctions municipales.

C'est à son zèle aussi éclairé qu'infatigable que Bercy doit *la construction de la mairie, des écoles communales et d'une salle d'asile pour les petits enfants; l'éclairage au gaz, le pavage et l'alignement des rues, l'amélioration des chemins vicinaux, la création des écoles de chant et de gymnastique, de deux marchés (l'un de céréales, l'autre de comestibles), l'établissement des sœurs de Saint-Vincent-de-Paul,* chargées de visiter les malades indigents à domicile, et de diriger la *crèche.*

L'économie productive des revenus communaux et du bureau de bienfaisance n'est pas un de ses moindres titres à la reconnaissance de ses anciens administrés.

Il n'est personne qui ait le don de plaire à tout le monde. Nous critiquons notre voisin, et notre voisin ne se fait pas faute de nous critiquer à son tour.

Ne nous étonnons donc pas que M. Libert ait eu à subir plus d'une tribulation dans le cours de sa carrière administrative.

Il s'est trop occupé de *sa mairie*, voilà son seul *crime*.

Travailleur de la *première heure*, il ne s'est arrêté qu'au moment où la charge devenait trop lourde pour lui, et encore n'eût-il point déposé le fardeau qui l'écrasait, s'il n'avait été en butte aux injustices des uns et des autres.

Le seul reproche qu'on soit *peut-être* en droit de lui adresser, c'est que l'énergie de son caractère n'ait pas toujours été à la hauteur de la bonté de son cœur.

Le 24 février 1848, en pleine effervescence populaire, M. Libert, pour assurer autant que possible la tranquillité publique, s'entoura d'une commission de quinze membres, composée de MM. Hugot, Reyneau (sous-préfet de Sceaux), Portier-Desvignes, Saunier, Rosey, Dubrinfault, Dumont, Charreau, Caron, Morisson, Martin, Hartel, Garby, Hyppolite Grand.

Cette commission provisoire, que, bien entendu, il présidait, se constitua en permanence, pour rester à la mairie le jour et la nuit.

La nomination de cette commission fit éclater un orage dans le sein du conseil municipal.

Plusieurs membres de ce conseil crurent devoir se retirer.

Eurent-ils tort? Eurent-ils raison? *Adhuc sub judice lis est.* Mais notre conviction est que, uniquement préoccupé du danger que pouvait courir l'ordre, M. Libert n'avait agi, dans ces circonstances critiques, que sous l'inspiration d'une généreuse pensée d'apaisement des esprits et de conciliation.

Lors de la retraite de M. Libert, en 1857, la mairie fut offerte à M. Dupérié-Pellou, deuxième adjoint alors, qui, malgré les instances réitérées de M. le Préfet, jugea devoir, pour raison de santé, décliner cet honneur.

Un dernier mot sur cet honorable citoyen.

M. Dupérié-Pellou a fait preuve, comme membre du Conseil municipal et comme adjoint, d'un zèle et d'une intelligence hors ligne, et il a apporté dans le service administratif plus d'une utile réforme.

Aussi son départ de Bercy a-t-il été vivement regretté (1).

(1) Bonne nouvelle pour le plus grand nombre de nos lec-

M. Aquart, inspecteur de la navigation en retraite, ancien capitaine de la garde nationale, fut nommé maire le 12 juin 1857.

Depuis cette époque, le bon concours de son Conseil ne lui a pas plus manqué que les sympathies de ses administrés, et son court passage à la mairie aura été fort remarqué.

teurs : M. Dupérié-Pellou, par décret impérial inséré au *Moniteur* du 26-27 décembre, vient d'être nommé maire du XIIe arrondissement.

POPULATION STATISTIQUE.

Recensement de	Habitants.	Masculins.	Féminins.
1840	7,913	4,301	3,612
1846	9,124	4,925	4,199
1851	10,860	5,850	5,010
1856	14,495	7,607	6,888

On peut évaluer aujourd'hui le chiffre de la population à 20,000 âmes : car depuis 1856, époque du dernier recensement, on a construit un très-grand nombre de maisons dans les rues Gallois, d'Orléans, de Charenton et surtout dans le quartier de Reuilly.

Ce quartier est particulièrement exploité par des maraîchers et des blanchisseurs.

ÉCOLES COMMUNALES GRATUITES.

Bercy possède quatre écoles communales

gratuites : deux pour les garçons, et deux pour les filles, savoir :

Garçons.	Directeurs.
Place de l'Eglise,	M. Bonnain
Rue de Charenton, 63,	M. Rigaud

Filles.	Directrices.
Place de l'Eglise,	Mme Bosc.
Rue Grange-aux-Merciers, 21,	Les sœurs de saint Vincent de Paul.

INSTRUCTION SECONDAIRE.

L'institution de M. Guillot, 7, rue Sainte-Anne, la plus considérable qu'il y ait à Bercy, est sous tous les rapports digne de l'excellente renommée dont elle jouit auprès du public.

L'institution de jeunes demoiselles, de madame Dubois, née Aulanier, 35, rue de Charenton, n'est pas moins en faveur auprès des familles.

NOMENCLATURE DES RUES ET VOIES PUBLIQUES.

Il existe dans la commune :

29 rues.

6 chemins.

4 boulevards.

2 places publiques.

1 avenue.

2 ruelles.

2 ponts.

Ensemble 46 voies publiques.

(Voir le tableau ci-joint).

NOMENCLATURE ALPHABÉTIQUE

DES RUES ET VOIES PUBLIQUES DE LA COMMUNE DE BERCY,

avec indication de leurs tenants et aboutissants.

TITRES.	NOMS.	Classification	COMMENCE	FINIT
Rue	Bercy (de)	1re classe.	barrière de Bercy	rue Grange-aux-Merciers.
Port	Bercy (de)	1re classe.	barrière de la Rapée	Id.
Boulev.	Bercy (de)	2e classe.	barrière de Bercy	barrière de Charenton.
Rue	Bordeaux (de)	2e classe.	port de Bercy	rue de Bercy.
Rue	Bourgogne (de)	2e classe.	Id.	Id.
Rue	Brèche-aux-Loups (de la)	3e classe.	rue de Charenton	rue de la Lancette.
Ruelle	Brèche-aux-Loups (de la)	3e classe.	rue de la Lancette	chemin de Reuilly.
Ruelle	Chandelles (des Trois-)	3e classe.	boulevard de Charenton	ruelle Brèche-aux-Loups.
Rue	Charenton (de)	1re classe.	barrière de Charenton	aux fortifications.
Boulev.	Charenton (de)	3e classe.	barrière de Charenton	barrière Reuilly.
Avenue	Château (du Petit-)	2e classe.	rue de Bercy	au petit château.
Rue	Chemin-Vert (du)	3e classe.	rue de Charenton	chemin des Meuniers.
Chemin	Cimetière (du)	3e classe.	rue de Charenton	chemin de Reuilly.
Rue	Commerce (du)	2e classe.	rue de Bercy	rue de Charenton.
Rue	Croix (de la)	3e classe.	chemin des Meuniers	chemin de la Croix-Rouge.
Chemin	Croix-Rouge (de la)	3e classe.	barrière Picpus	à la route stratégique, *et au-delà des fortificat.* à la rue des Noyers.
Place	Eglise (de l')	1re classe.	rue du Commerce	rue de Bercy.
Rue	Fleury (de)	3e classe.	boulevard Reuilly	rue Raoul.
Rue	Fonds verts (des)	3e classe.	rue du Commerce	rue de Charenton.

Rue	Gallois (de)	1re classe.	port de Bercy	rue de Bercy.
Rue	Gare (de la)	1re classe.	rue de Bercy	rue de la Gare.
Place	Gare (Neuve de la)	1re classe.	rue de Bercy	boulevard de Bercy.
Rue	Grange-aux-Merciers	1re classe.	port de Bercy	rue de Charenton.
Rue	Jardiniers (des)	3e classe.	rue de Charenton	chemin des Meuniers.
Rue	Lancette (de la)	3e classe.	rue de Charenton	rue Brèche-aux-Loups
Rue	Laroche	2e classe.	rue de Gallois	avenue du Petit-Château.
Rue	Léopold	2e classe.	rue de Bercy	entrepôt Gallois.
Rue	Libert	3e classe.	rue du Commerce	boulevard de Bercy.
Rue	Mâcon (de)	2e classe.	port de Bercy	rue de Bercy.
Rue	Marais-de-Reuilly (des)	3e classe.	boulevard de Reuilly	boulev. de Saint-Mandé.
Chemin	Meuniers (des)	3e classe.	ruelle Brèche-aux-Loups	route stratégique.
Chemin	Meuniers (des)	3e classe.	rue de Charenton	avenue des Noyers.
Rue	Orléans (d')	2e classe.	port de Bercy	rue de Bercy.
Rue	Planchette (de la)	3e classe.	rue Libert	boulevard de Bercy.
Rue	Raoul	3e classe.	chemin de Reuilly	chemin des Marais.
Rue	Rapée (de la)	1re classe.	barrière de la Râpée	barrière de Bercy.
Boulev.	Reuilly (de)	2e classe.	barrière de Reuilly	territoire de Charenton.
Chemin	Reuilly	3e classe.	barrière de Reuilly	barrière Picpus.
Boulev.	Anne (Sainte-)	2e classe.	rue Gallois	avenue du Petit-Château
Rue	Louis (Saint-)	2e classe.	rue Gallois	Id.
Rue	Soulages	2e classe.	port de Bercy	rue de Bercy.
Rue	Tourneux (des)	3e classe.	chemin de Reuilly	chemin des Marais.
Rue	Yonne (de l')	2e classe.	port de Bercy	rue de Bercy.
Rue	Vallée de Fécamp (de la)	3e classe.	rue de la Lancette	rue de la Croix.

CONSEIL MUNICIPAL.

1	AQUART (André),	maire.
2	HUGOT (Claude-François),	1er adjoint.
3	LAVEUR (Antoine),	2me adjoint.
4	AMOUROUX (Antoine-Joseph),	propriétaire.
5	CHAMONARD (François),	négociant.
6	CHRÉTIEN (Jean-Baptiste),	propriétaire.
7	COURVOISIER (Félix),	négociant.
8	FORTIER-BEAULIEU (Pierrre-L.-A.),	propriétaire.
9	HERVÉ (Charles-Almire),	fab. de prod. chim.
10	LEVASSEUR (Simon-Pierre),	propriétaire.
11	LECOUFFE (Emile),	entrep. de menuis.
12	LEFEBVRE (Jean-Marie),	propriétaire.
13	LEGRAND (Pierre),	distillateur.
14	MARAIS (Céleste-Louis),	négociant.
15	MARECHAL (Félix),	fab. de toile cirées.
16	MOUSSY (François),	grainetier, propr.
17	PAQUIER (Claude-Antoine),	négociant.
18	PAYMAL (Joseph-Martin),	march. de bois.
19	PINARD (Denis),	propriétaire.
20	POLBAULT (Antoine),	propriétaire.
21	PONTILLON (Félix-Antoine),	propriétaire.
22	PROUST (Louis-Jules-Désiré),	négociant.
23	QUARRÉ (Victor),	boucher, propriét.
24	RIZAUCOURT (Jean-Isidore),	négociant.
25	ROBINEAU (Félix),	march. de bois.
26	TEISSONIÈRE (Paul),	négociant.
27	VERRIER (Philippe),	restaurateur.

BUREAU DE BIENFAISANCE.

MM. Ligeron,	Port, 58.
Paymal,	Port, 62.
Amouroux,	rue de l'Yonne, 11.
Garby,	rue de Charenton, 12.
Laurent,	rue de Charenton, 74.
Moreau,	rue de Charenton, 71.
Maréchal,	rue de Reuilly, 32.

GRANDE RUE DE BERCY

Depuis l'établissement du chemin de fer de Lyon, la rue de Bercy a bien changé de physionomie.

Ainsi, à partir de la barrière jusqu'à la rue Grange-aux-Merciers, le côté gauche de la rue était bordé dans tout son parcours, il n'y a pas longtemps encore, d'une rangée de maisons de plus ou moins belle apparence, occupées soit par des négociants en vins, soit par des boutiquiers-commerçants.

Entre les rues de Charenton et de Bercy s'étendaient, à la même époque, des jardins généralement exploités par des maraîchers; mais, jardins et maisons, le chemin de fer a tout ou presque tout envahi, sur une superficie qu'on peut évaluer à 12 hectares.

La grande rue de Bercy n'a jamais brillé par sa propreté, et la raison en est très simple :

Les nombreux voiturages du commerce des vins et du camionnage des marchandises amenées du chemin de fer de Lyon dans Bercy ont rendu très difficile l'entretien de cette voie où les bottines vernies de nos élégants et de nos élégantes ne pouvaient impunément s'aventurer que lorsqu'il gelait, comme on dit vulgairement, à pierre fendre, ou qu'un clair soleil rayonnait au ciel.

On sait que c'est à la barrière de Bercy que s'arrêtent les haquets de vins avant leur entrée dans Paris.

De leur stationnement forcé à la porte du fisc, résulte un encombrement parfois si grand que, par les temps de brouillard et vers le soir surtout, il y a un danger réel à franchir cette barrière, comme ne l'ont que trop prouvé les fréquents accidents dont elle a été le théâtre.

Ce danger va disparaître, puisque, à dater du 1er janvier, le mode de perception ne sera plus le même, et que voitures, camions et haquets circuleront librement.

Un des bâtiments de la barrière de Bercy a été réservé pour la justice de paix du douzième arrondissement.

En arrivant dans Bercy, vous remarquez au n° 20 une spacieuse cour, à gauche de laquelle s'élève une grande maison, dont quelques parties et notamment les croisées encadrées de briques nous rappellent un temps déjà bien éloigné de nous.

Cette maison appartenait au prévot de Beaumont, le courageux auteur du *pacte de famine*, dont M. Elie Berthet dans le journal le *Siècle*, MM. Paul Foucher et Elie Berthet sur la scène de la Porte-Saint-Martin, nous ont dessiné avec un rare bonheur d'exécution, il y a une vingtaine d'années, l'intéressante et dramatique figure.

Au moment de la révolution, la maison et ses dépendances étaient occupées par des chanoinesses; et, vers 1830, on ne fut pas médiocrement étonné d'y découvrir, — dans des *vade in pace* sans air, parmi des ossements mains, — des carcans, des chaînes, et autres pieux instruments d'oppression et de torture, en usage, *ad majorem Dei gloriam*, dans tous les couvents de ce paternel ancien régime, dont nos pères nous ont, — leur généreux courage en soit loué ! — à jamais délivrés au prix de leur sang.

Avancez de quelques pas, et au n° 32 vous apercevez un bâtiment d'un seul étage et du plus misérable aspect, percé sur la rue de douze croisées borgnes et d'une porte cochère dont plus d'une vacherie normande aurait honte.

Cette porte donne entrée dans une vaste cour dont une vieille maison à deux étages avec mansardes forme le fond ; et un affreux pêle-mêle de chétives masures, les deux ailes.

Cette cour, qui porte aujourd'hui le nom de cour du *Commerce*, n'a longtemps été connue que sous celui de cour des *crimes*. Pourquoi? s'y était-il donc passé quelque tragique aventure? Non; mais elle avait pour locataires de pauvres diables de mine si hétéroclite sous leurs fangeuses guenilles, que vous l'eussiez prise pour le redoutable repaire d'une bande de *rôdeurs de barrière*, ou tout au moins pour une succursale de cette étrange *Cour des miracles*, dont Victor Hugo, dans son immortelle *Notre-Dame de Paris*, nous a tracé une si vivante, une si admirable peinture.

Cette propriété, maison et cour, fait partie des terrains que la *Société civile* tient de la succession du baron Louis, ancien ministre des finances sous les rois Louis XVIII et Louis Philippe.

Au nombre des terrains que, pour les nécessités de son service, a, de son droit de suzeraineté légale, revendiqués et que s'est incorporés l'administration du chemin de fer de Lyon, se trouve feu la rue de la *Planchette*, dont l'ombre ne nous pardonnerait pas, si nous ne la saluions, chemin faisant, d'un mot de souvenir en manière d'oraison funèbre.

Cette rue —, qu'on nous passe cette expression — prenait sa source au n° 39 de la rue de

Bercy, et avait son embouchure à la barrière de Charenton.

Les maisons y étaient infiniment plus rares que les jardins, et dans ces jardins, Vertumne et Pomone, mythologiquement parlant, comptaient beaucoup plus d'autels que Flore ; car, en gens positifs et sachant le prix de l'argent, les Corydons et les Amaryllis en sabots qui les cultivaient, allaient chaque matin prosaïquement en vendre, sous forme de fruits ou de légumes, selon la saison, les nourrissants produits, sur le carreau des halles.

A l'entrée toutefois, et sur la droite de cette rue champêtre, où les pavés ne brillaient guère que par leur absence, existait une grande distillerie avec laquelle M. Lessertisseux, son propriétaire-fondateur, sut si bien battre monnaie, qu'il s'y *arrondit* en quelques années de la façon la plus honorable.

M. Lessertisseux n'est plus ; mais sa veuve et son fils n'ont qu'à se louer d'être encore de ce monde : car ils ont pour oreiller une belle et solide fortune.

C'est à eux qu'appartient la maison *ronde*, (ancienne dépendance du Petit-Château) au coin de la rue Léopold et de la grande rue de Bercy ; et ils possèdent en outre plusieurs propriétés d'un excellent rapport dans la rue Gallois.

Sur l'emplacement occupé maintenant par le n° 70, il y avait, en 1832, une salle de spectacle qui avait été construite provisoirement, l'autorité municipale espérant qu'en s'entendant avec MM. Sevestre, frères, directeurs privilégiés des théâtres de la banlieue, on arriverait à doter la commune d'une salle définitive. Mais bien loin de lui prêter le concours qu'elle réclamait d'eux, MM. Sevestre non-seulement déclinèrent l'invitation qui leur fut faite de venir jouer sur le théâtre existant, mais encore ils s'opposèrent judiciairement à ce qu'aucune troupe vînt y donner des représentations.

L'autorité municipale ne se laissa pas décourager par cette inqualifiable mauvais vouloir. Une pétition signée du Maire, de ses adjoints, de son Conseil et de quatre-vingt-quatre habitants notables de la commune, fut adressée à la Chambre des députés; mais, peine perdue! Cette pétition, quoique fortement motivée, fut étouffée sous l'ordre du jour, et les frères Sevestre triomphèrent à la Chambre comme ils avaient triomphé devant la police correctionnelle.

Plus tard, beaucoup plus tard, on monta un théâtre rue Saint-Louis.

MM. Paul-Ernest et David fils exploitèrent

ce théâtre momentanément. La troupe était excellente. Plusieurs des artistes qui en faisaient partie sont aujourd'hui très en faveur auprès du public parisien : Citons Emile Thierry, Blaisot, Mlles Delaporte, Desclée et Feraudy.

M. Husson succèda à M. Paul-Ernest.

Pendant deux ans il joua avec succès; mais il dut cesser ses représentations, ne pouvant, sous peine de ruine certaine, accepter les exorbitantes conditions de location que voulait lui imposer M. Chrétien, propriétaire de la salle Saint-Louis.

La place de l'église débouche sur la grande rue de Bercy, en face des belles propriétés de M. Durnerin, ancien négociant en vins.

A cette place, que rien ne recommande à l'attention, attiennent la Mairie, les écoles communales et la salle d'asile, qui n'ont rien non plus de remarquable.

La construction de l'église de Bercy remonte à l'année 1823. La première pierre en fut posée le 8 juin de cette année par M. le comte Chabrol de Volvic, préfet du département de la Seine, après avoir été bénite par Monseigneur Hyacinthe-Louis, comte de Quelen, archevêque de Paris, pair de France. MM. le comte de Nicolaï, étant maire, Tricot, adjoint, Demouchy, curé, Cabanis, Cléris, Duflocq, Gallois, Garby, Husson, Richard, conseillers municipaux.

Avant cette époque on disait la messe à la chapelle du Grand-Château de Bercy. Ensuite, et jusqu'à l'achèvement de l'église (1827), on la célébra à une petite chapelle contiguë à l'ancienne fabrique de cristaux de M. Paris.

La Mairie, les écoles communales et la salle d'asile, dont M. Libert avait, dès le 20 septembre 1822, vainement sollicité la construction auprès de son Conseil, furent commencées en 1844 seulement et terminées au mois de juillet de l'année suivante.

Ce fut M. le comte de Rambuteau, alors Préfet du département de la Seine, qui posa la première pierre de la Mairie.

Elle est en ce moment en réparation : on l'agrandit, on la transforme afin de l'approprier aux besoins du nouveau service auquel elle est destinée.

Elle sera le siége de l'édilité du XIIe arrondissement.

C'est sur la place de l'église que depuis une trentaine d'années se tenait, dans la dernière quinzaine de juillet, la fête communale.

Cette fête, désormais rayée du calendrier, ne laissera pas beaucoup de regrets.

Le seul spectacle agréable qu'elle offrît, était, avec la joûte dont nous avons parlé plus haut, la course en canot, — et la promenade vénitienne sur l'eau, que plus de trois cents nacelles brillamment pavoisées et illuminées concouraient à rendre des plus attrayantes.

L'ancienne Mairie était située au coin de la rue Soulages.

Cette rue, aujourd'hui l'une des plus belles de la commune, a été percée en 1833 et construite presque tout entière sur une vaste propriété appartenant à M. Soulages père. De là son nom.

En 1832, au moment où le choléra sévissait avec le plus de fureur, la grande maison qui s'élevait sur l'emplacement de l'entrée actuelle de la rue Soulages par la grande rue de Bercy fut convertie en ambulance, et les malades trop pauvres pour être traités à domicile y reçurent les soins les plus empressés.

Il nous est impossible de parler de cette effroyable fléau sans que le nom du docteur Belloli vienne de lui-même se placer sous notre plume.

Arrivé tout récemment du duché de Modène, sa patrie, il déploya contre le fléau, vomi sur nous par l'Asie, un zèle, un courage, une intelligence, qui furent remarqués de tout le monde ; et il commença ainsi à jeter les fondements de sa réputation, si bien affermie aujourd'hui, d'homme de science et d'homme de cœur.

Pendant le choléra de 1849, qui fit à Bercy de bien plus grands ravages encore, en raison de l'accroissement de la population, le docteur Belloli ne se signala pas moins, en compagnie de ses deux dignes confrères, les docteurs Labourdette et Delanessant.

La première victime du fléau en 1849 fut (13 mars) un brave et loyal jeune homme de 31 ans, Amédée Caucurte.

Celui-là, nous pouvons le dire, emporta dans la tombe les regrets unanimes d'un pays où il s'était fait chérir.

J'ai été son collègue dans la maison Pellou et Cie, et je n'oublierai jamais tant que je vivrai quel excellent ami il fut pour moi, — lui qui était mon aîné de onze ans.

L'aveugle, l'impitoyable mort, je le veux bien, frappe sans choisir; mais, ô destinée étrange et cruelle! ce sont ceux qui sont aimés, ceux qui ont un cœur et une âme, ceux, en un mot, que l'on désigne sous ce nom : les *bons*, ce sont presque toujours, hélas! ceux-là qui s'en vont les premiers.........

Un de nos critiques les plus érudits, les plus consciencieux, les plus distingués, M. Edouard Thierry, bibliothécaire à l'Arsenal, dont la nomination comme administrateur général de la

Comédie française a été si sympathiquement accueillie par les lettres et par la presse, a pendant plusieurs années habité chez M. Brigant, son beau-père, rue Soulages.

PORT DE BERCY

A peine a-t-on franchi la barrière de la Rapée, qu'on aperçoit de tous côtés sur un quai, qui manque de largeur, de longues files de tonneaux symétriquement rangés sur les berges, ou voiturés sur des haquets et autres véhicules.

Il faut avoir été témoin de l'animation qui règne en semaine sur ce quai pour pouvoir s'en faire une idée.

Ce ne sont que négociants, que courtiers, que commis, allant, venant, munis de leurs inséparables outils : tasse d'argent, petite pince et foret, occupés, ceux-ci, à faire charger leurs liquides, ceux-là, à les faire goûter aux clients, qui, en leur qualité d'acheteurs, affectent de trouver toujours le prix de la marchandise trop élevé.

Dans la belle saison, vous voyez ces messieurs du commerce, assis dans un doux *far niente* sous des tentes dressées vis-à-vis de leur entrepôt, deviser gaiement, en lançant *con amore* vers le ciel l'odorante fumée de leur petit Bordeaux ou de leur Loudrès.

Si dans ces réunions la critique va bon train, nous vous le laissons à penser! Quand les *affaires ne vont pas*, ne faut-il pas faire aller autre chose? C'est à qui, dans ces causeries, assaisonnées de ce gros sel gaulois que goûtaient si fort nos pères, et qu'a prodigué à plaisir le joyeux curé de Meudon dans son impérissable épopée satirique ; c'est à qui déploiera le plus de verve, dépensera le plus d'*esprit*.

Mais ils sont passés ces jours de fête, dont la bienfaisante nature, *alma parens*, nous gratifie chaque annnée dans son inépuisable munificence ; ils sont passés, sans n'avoir guère plus duré que ce que durent les roses ; et voilà déjà le triste hiver qui nous vient rendre visite sur les ailes tempêtueuses du vent, avec son humide et glaçant cortège de brouillard, de pluie, de grêle et de neige ; avec ses jours si courts, si froids. si ternes, ses rudes et interminables soirées. Que faire alors pour tuer le temps, quand le baromètre des affaires est au calme plat ?

Eh ! parbleu, un classique cent de dominos ou un deux-mille de bezigue, comme un bon bourgeois du Marais ; une silencieuse et savante partie de dames ou d'échecs ; ou bien encore, si vous aimez la locomotion, trente carambolages plus ou moins, chez Philippe, l'aimable et avenant propriétaire du *Rocher de Cancale*.

Ah ! chers lecteurs, n'oubliez pas le Rocher. Le Rocher ! Mais c'est la Bourse de Bercy ; c'est là que les affaires se traitent, que vous saurez s'il y a hausse ou baisse dans le Midi, si la récolte a été bonne ou mauvaise. Encore une fois, n'oubliez pas le Rocher de Cancale, c'est moi qui vous le dis ; et si, comme je n'en doute pas, vous tenez à être prestement et gracieusement servis, demandez *Cent-Gardes*, sur qui repose *l'avenir de la maison*. Cent-Gardes, non moins connu sur le port que l'était, au Palais-Royal, des habitués du café de Foy, puis du café de la Rotonde, ce Stentor dont le formidable *boum boum* résonnait comme un coup de canon, — brave garçon, mort il y a quelques années à l'hôpital d'une *extinction de voix*, et qui portait — peu de personnes le savent peut-être, — un nom effroyablement historique, car il n'était rien moins que le petit neveu du farouche Collot-d'Herbois, le promoteur de notre première république, et l'un des Jupiters-Tonnants du fulgurant et sanglant Olympe de 1793.

Mais prenons au plus vite congé de cette ombre terrible. Les *Marronniers* nous demandent audience, ne les faisons pas attendre.

Qui de nos lecteurs n'a connu les *Marronniers* dans toute leur gloire ?

Déjà célèbre en 1789, ce restaurant n'avait, il y a dix-sept ans, rien perdu de sa réputation. C'était, au temps de sa splendeur, le *Very* et le *Véfour extra-muros* des belles *fourchettes* parisiennes, qu'au printemps, dans l'été, au commencement de l'automne, y attiraient chaque matin, tout à la fois le haut goût de sa cuisine, l'incontestable supériorité de ses matelottes, l'excellence de sa cave, et plus encore peut-être l'attrayante perspective d'y Pentagruéliquement déjeuner au grand air et sous le frais couvert des arbres magnifiques qui l'ombrageaient. Mais, malheureusement, ces arbres interceptaient la voie publique, gênaient la circulation des voitures, et l'autorité municipale se trouva dans la nécessité de les faire abattre.

Un autre restaurant du port a droit de notre part à une mention très honorable.

Nous avons nommé la *Terrasse.*

Cet établissement, aussi bien tenu qu'agréablement situé, avec jardin et bosquets, a été adopté comme lieu de halte et de station par les canotiers parisiens, aimables et gais convives, un peu bruyants parfois après boire ;

mais mangeant bien, buvant mieux, payant rubis sur l'ongle, au demeurant les meilleurs fils du monde, qui, dans l'été, viennent, chaque semaine, y dîner ou s'y rafraîchir en joyeuse et nombreuse compagnie.

Leurs légères barques, naviguant sous voiles, ou traçant, sous l'impulsion cadencée de la rame, leur sinueux sillon sur les eaux tranquilles de la Seine, présentent le plus charmant coup-d'œil.

Il en est une particulièrement dont le passage est toujours salué par les habitants du port avec le plus vif plaisir ; c'est le *canot-concert*. De ce canot, que montent des musiciens amateurs, s'élèvent tour à tour vers le ciel de folles chansons, de mélodieux, d'harmonieux accords, dont le charme infini dans le silence du soir est encore doublé par l'éloignement.

M. Julien, propriétaire de la *Terrasse*, a su,

par son travail et par son affabilité, s'attirer une clientèle aussi nombreuse que bien choisie. Puisse la faveur publique, qu'il mérite à tous égards, s'attacher chaque jour davantage à sa maison ! C'est le vœu bien sincère qu'en ami fidèle nous formons pour lui.

Au n° 22, sur le quai, il y avait autrefois une petite gargotte portant pour enseigne *au Soleil-d'Or*. Sur le mur de cette boutique on voyait un lapin pendu, ce qui signifiait qu'à l'intérieur de la maison on accommodait la gibelotte. Cette guingette était tenue par Mme François Veuillot. Son mari, honnête ouvrier, travaillait, dans les magasins de vins, de son état de tonnelier.

Demandez aux voisins des renseignements sur cette ancienne maison : ils vous répondront que la mère François, aujourd'hui remariée en secondes noces à un nommé Pradier, donna le jour à quatre enfants, deux garçons et deux filles : Louis, Eugène, Annette, Victoire.

Louis et Eugène allaient à l'école mutuelle; Annette et Victoire allaient en classe chez Mlle Barthod, qui dirigeait en ce temps-là un petit externat dans la grande rue de Bercy.

De l'humble guinguette de sa brave femme de mère, M. Louis Veuillot s'élança d'abord dans l'étude de M. Petit, huissier à la barrière de la Rapée ; mais il ne tarda pas à *protester* contre le métier, demanda *vingt-cinq jours* à son patron pour chercher un autre emploi ; et ce délai expiré, il réussit à se caser, — en attendant des jours meilleurs, — dans les bureaux de je ne sais quel journal de province, en qualité de comptable et d'attaché à la *rédaction des bandes*.

M. Louis Veuillot qui, comme vous devez bien le penser, n'était rien moins que fort en thème, résolut, avec une énergie qui l'honore, de se procurer par lui même le bienfait de l'instruction qui avait manqué à sa jeunesse, et commença par se donner corps et âme au *Ver rongeur*, étant bien loin de se douter alors de l'anathème qu'au grand scandale de M. l'Evêque d'Orléans, devait un jour, sous son bon plaisir, fulminer dans l'*Univers* lui-même le terrible abbé Gaume contre les Homère et les Virgile, les Pindare et les Horace, les Hérodote et les Tacite, en un mot, contre tous les écrivains illustres, sans exception, de la Grèce et de Rome. Puis, quand il se jugea suffisamment barbouillé de latinité, il s'efforça de s'assimiler, par de sérieuses lectures, le génie de quelques-uns de nos grands écrivains, — de veine gauloise surtout, — Rabelais, Montaigne, Mathurin Régnier, Pascal, Molière, Labruyêre, Lafontaine; passa ensuite à l'étude des Pères de l'Eglise, et, ainsi équipé, il tailla sa plume et descendit fièrement dans l'arène de la publicité.

Il y rompit plusieurs lances, sans que son nom acquît la moindre notoriété ; mais, si ses premiers ouvrages passèrent inaperçus, il n'en fut pas de même de son pamphlet contre les *Libres Penseurs*. Ce livre, d'un jet vigoureux, d'une verve entraînante, d'une verdeur et d'une originalité de style indiscutables ; ce livre, écrit *ab irato*, classa de prime-saut son auteur à un rang très-élevé et tout à fait à part parmi les écrivains de notre époque.

M. Louis Veuillot avait enfin trouvé sa langue et sa voie. Journaliste *éreinteur*, il est depuis quelques années, — avec plus d'audace encore que de talent, — le porte-étendard, le coryphée de l'ultramontamisme en France.

En somme, qu'on l'admire ou qu'on le haïsse, M. Louis Veuillot est une individualité des plus tranchées *au milieu d'une littérature accommodante, où tout le monde se donne un baiser Lamourette.*

Quant à M. Eugène Veuillot, c'est lui faire, comme écrivain, la part assez belle encore, que de dire, — pour nous servir d'une expression de Victor Hugo, — qu'il n'est que la *lune* de son frère.

Il s'en fallait beaucoup que le port de Bercy présentât, il y a trente ans, l'aspect sous lequel il s'offre actuellement à nos regards. Les berges n'avaient aucune régularité, et les rares maisons qu'on y voyait, basses et mal bâties, étaient de véritables masures. Non pavé, il était traversé par un petit canal, qui prenait naissance à la Seine et qui allait se perdre à l'extrémité de la rue de Mâcon.

Les bâteaux de la Bourgogne entraient dans ce bassin,— bientôt supprimé comme inutile,

— et c'était là qu'on procédait à leur déchargement.

Aujourd'hui, le port est dans toute sa longueur bordé d'élégantes maisons ; et, s'il laisse encore quelque chose à désirer, ce sont des trottoirs.

MM. les propriétaires mériteraient bien du public s'ils se concertaient pour faire au plus tôt cesser cet état de choses.

Pourquoi aussi, — une amélioration en amenant une autre, — ne construirait-on pas sur le quai, de distance en distance, quelques-unes de ces *colonnes Rambuteau*, qu'on est souvent si aise de rencontrer sur son passage le long des boulevards et ailleurs ?

Il n'est personne qui ait deux ou trois fois parcouru le port sans avoir remarqué, au n° 31, une belle maison d'habitation, avec terrasse, bassin et jet d'eau.

Cette maison, qu'habite M. Courvoisier, négociant, chef du 52e bataillon de la garde nationale de la Seine, décoré par décret impérial pour avoir, en juin 1848, préservé Bercy de l'insurrection, a longtemps appartenu à M. Renet, ancien maire,— nous l'avons dit,— de la commune, ancien député sous Louis-Philippe.

Fils d'un marchand de vins de Paris, qui avait, à l'enseigne des *Barreaux Verts*, une maison de détail rue Saint-Jacques, au coin de la rue des Fossés, M. Renet arriva par son travail à une magnifique position de fortune. Il est vrai qu'à la mort de son père il recueillit un très bel héritage, qui le mit à même d'agrandir le cercle de ses affaires. Quoi qu'il en soit, il était possesseur de deux millions bien liquides, lorsqu'il se retira du commerce; mais son fils unique, marié à la fille de M. Griolay, riche filateur de laine à Paris, ne réussit pas dans ses opérations de banque, et perdit,— en spéculant principalement sur les esprits-trois-six,— des sommes énormes, et qui dépassaient de beaucoup son actif. Le père vint au secours du fils, et sacrifia sans hésiter plus d'un million pour conserver intact l'honneur de son nom. Mais la blessure faite à son cœur par ce désastre inattendu était de celles qui jamais ne se cicatrisent.

M. Renet languit dix années encore, vivant dans la retraite la plus absolue, et, le 11 avril 1853, il s'éteignit, miné par le chagrin.

Par son testament, M. Renet laissa dix mille francs aux pauvres de la commune, douze cents francs de rente à une vieille servante attachée à sa maison pendant quarante-trois ans, et quatre cents francs de rente à Charles, son fidèle domestique, dont il avait pu, pendant bien des années aussi, apprécier le dévouement

Qu'on me pardonne de m'être si longuement étendu sur cet homme de bien, dont la fin fut si triste ; mais j'avais à payer à sa mémoire une dette de pieuse reconnaissance, car, depuis mon jeune âge jusqu'à sa mort, il m'a constamment honoré du plus vif intérêt, de la plus tendre affection.

Il existe dans le haut du port une autre maison dont les proportions imposantes ne sollicitent pas moins le regard du passant.

Cette habitation, qui a pour vis-à-vis extérieurement un rideau de grands arbres plantés au bord de la berge, donne intérieurement sur un entrepôt appelé l'*enclos des Mâconais*.

Pendant plusieurs années, M. L. de Montullé a été le gérant de cet entrepôt, lui-même faisant le commerce des vins.

Mais, après la révolution de février, — son commerce, qui n'avait jamais été très étendu, se trouvant restreint encore par les événements, — il quitta Bercy, où, pourquoi ne pas le dire? il comptait peu d'amis, pour se lancer à corps perdu dans la bureaucratie gouvernementale.

M. L. de Moutullé remplissait les fonctions de capitaine rapporteur dans la garde nationale; et, dès le commencement du règne de Louis-Philippe, la croix de la Légion-d'Honneur avait été le prix du zèle *intrépide* et de la *martiale* éloquence déployés par lui dans ces *périlleuses* fonctions.

Ceux des habitants de Bercy qui ont de la mémoire n'ont pas oublié de quelle originale et bruyante façon fut fêtée dans la commune la nomination du nouveau légionnaire.

Le quai de Bercy, qui, de la barrière de la Rapée au pont Napoléon, a le grave défaut de figurer assez exactement un z, n'a certes rien dans son ensemble qui puis se flatter le regard; mais, avec sa longue suite de maisons entourées, empanachées d'arbres, il présente pour le spectateur placé sur le quai de la Gare un point de vue vraiment délicieux, au moment surtout où se balancent dans les airs, au souffle de la brise, les blanches aigrettes des marronniers en fleur.

En 1836, Bercy fut éprouvé par la plus forte inondation que, de mémoire de vieillard, il eût encore eu à souffrir.

La Seine s'était changée en torrent. — On naviguait littéralement dans les rues. — Il y avait plus de deux mètres d'eau sur le quai. Les habitants s'approvisionnaient par les croisées. Une corde, à laquelle était fixé un panier, était lancée par eux dans les bateaux chargés de comestibles, dont les conducteurs, sur leur invitation, stationnaient un instant sous leurs fenêtres, et servaient à leur remonter les vivres dont ils avaient besoin.

Dans la rue de Bercy, en face de la rue Gallois, il y avait un chantier occupé par un marchand de chaux. Sa marchandise, entassée dans des sacs et des tonneaux, était abritée sous un hangar formé de planches vermoulues. A mesure que le niveau de l'eau montait, la chaux était de plus en plus détrempée. La chaleur que développait cette substance par sa dissolution fut telle, que les planches prirent soudainement feu, à la grande stupéfaction des voisins. Heureusement que ceux-ci se dévouèrent, et qu'aidés des pompiers, accourus au premier appel, ils se rendirent bientôt maîtres de ce commencement d'incendie, étouffé par l'élément même qui lui avait donné naissance.

Dans l'avenue du Petit-Château, deux jeunes gens, heureux comme des rois de se donner en spectacle, se promenaient par fanfaronnade sur l'eau, ayant un grand baquet pour nacelle. Tout-à-coup cet esquif d'un nouveau genre chavira sous le poids de leur corps; et, par sa submersion, leur procura l'occasion tout exceptionnelle, — nous ne dirons pas le plaisir, car le froid était vif, — de se livrer à l'exercice de la *coupe* et de la *brasse* dans un lieu où depuis le déluge peut-être jamais poisson n'avait frétillé, si ce n'est dans la poêle à frire.

Mais ce n'est pas avec les ravages de l'inondation seulement que Bercy a eu à compter; un autre fléau l'a bien plus cruellement encore atteint dans sa fortune.

Ainsi, — sans parler de quelques incendies trop limités pour que nous en fassions ici mention, — les flammes dévorèrent, le 31 juillet 1820, une partie de l'entrepôt. Ce qui explique l'étendue de ce désastre, c'est la mauvaise construction des magasins de vins, qui à cette époque étaient en majeure partie bâtis en planches et recouverts en chaume.

La perte occasionnée par cette catastrophe fut évaluée à plus de dix millions.

Un autre incendie, qui aurait pu devenir aussi violent que celui de 1820, éclata sur le port, n° 20, dans la nuit du 31 mars 1853.

En peu d'instants tout l'entrepôt Gabriel Alain fut détruit. Les tonneaux crevaient comme des bombes au milieu des vins, des eaux-de-vie, des huiles, en combustion. Les flammes s'élevaient à une telle hauteur, que de Chartres et de Fontainebleau on en distinguait la rougeâtre et sinistre clarté ; et qu'à Champigny-sur Marne, les laitières, qui s'apprêtaient à se rendre à la Halle de Paris, purent, cette terrible nuit là, remplir leurs boîtes à la lueur du feu.

La perte, cette fois, fut estimée à près d'un

million, et elle eut été bien plus considérable si le corps des sapeurs-pompiers, la garde nationale, tous les citoyens en un mot, n'avaient rivalisé de zèle et de courage pour circonscrire l'incendie.

Bercy s'est ressenti comme toutes les autres communes de la Banlieue du choc de la révolution de 1848 ; mais nous sommes dans le vrai lorsque nous disons qu'en toute circonstance ses habitants se sont montrés animés du plus pur, du plus sincère patriotisme. Grâce à l'énergie des autorités municipales, au bon concours de la garde nationale, au dévouement de son digne chef, M. Pellou, l'ordre et l'union n'ont cessé de régner dans la commune ; ou, s'il s'y est isolément produit comme partout quelques faits regrettables, la répression ne s'en est pas fait attendre.

BERCY-ENTREPOT

Il y aura bientôt cinquante-six ans que le commerce des vins est venu se fixer à Bercy.

Depuis 1804, il a rapidement envahi tout les terrains situés entre le port, la rue de Bercy et la rue Grange-aux-Merciers.

Cet espace de quarante-et-un hectares est à présent entièrement couvert de magasins, de caves, et de maisons spécialement affectées au commerce des vins.

Beaucoup d'autres magasins sont établis sur la droite de la rue de Bercy, au nord et à l'est de la rue Grange-aux-Merciers, sur le boulevard de Bercy et dans la rue de Charenton.

Le terrain où se sont successivement élevés ces magasins peut être évalué à neuf hectares, ce qui porte à cinquante hectares la superficie de l'emplacement occupé par le commerce des vins.

Avant d'aller plus loin, interrogeons le passé, et apprenons de lui de quelle manière se faisait le commerce des vins avant que Bercy devînt entrepôt.

On distinguait autrefois à Paris trois sortes de vins, selon les différents vignobles de leur crû, et chaque sorte avait son port séparé.

Ces trois ports étaient la *Grève*, l'*Étappe*, la *Halle aux vins*.

La Grève était divisée en deux parties : l'une, pour le vin de Bourgogne, l'autre, pour le vin français.

Les vins de la rivière de Loire étaient garés proche le lieu où étaient garés les moulins du Temple, vis-à-vis de la rue des Barres.

Ces distinctions de ports, selon les différents vins, n'étaient pas seulement établies pour que les acheteurs ne fussent pas trompés dans le choix qu'ils désiraient faire par rapport à la qualité, mais encore, et principalement, par rapport à la quantité.

Chacun de ces climats avait sa jauge particulière, plus ou moins forte, dont les acheteurs devaient être exactement informés pour y proportionner leur prix, ce qu'ils n'auraient pu faire si les tonneaux de diverses provinces avaient été mêlés.

Mais plus tard il fut ordonné que tous les tonneaux de vin amenés à Paris seraient d'une même contenance et d'une même jauge ; et il n'y eut plus de distinction de ports que pour la plus grande commodité du commerce.

Ainsi tous les vins, de quelque cru qu'ils fussent, pouvaient arriver également aux ports *Saint Paul*, de la *Tournelle* et de *Saint-Nicolas*.

L'ÉTAPPE

C'était une place où anciennement se déchargeaient et s'exposaient en vente les vins amenés à Paris par terre. Elle était primitivement située aux halles ; le vin s'y vendait en gros, de même que le blé et les autres vivres.

Par suite des accroissements de la ville de Paris, les halles étant devenues trop étroites pour contenir les provisions chaque jour proportionnellement plus considérables qui y arrivaient des provinces ; et le dessein ayant été formé de rassembler, ou du moins de rapprocher tout le commerce du vin en mêmes lieux, pour faciliter aux officiers l'exercice de leurs fonctions, le roi Charles VI, par ses lettres patentes du mois d'octobre 1413, transféra l'*Etappe* des halles en place de Grève.

Les auteurs que j'ai consultés ont été fort partagés sur l'étymologie de ce mot *Etappe*.

Tripaut le dérive du grec σαφις, *uva passa*, raisin cuit ou foulé, ou simplement σαφυλη, grappe de raisin.

D'autres le tirent du latin *stabulum*, hôtellerie.

Quelques-uns prétendent qu'il vient du vieux mot latin *staplus*. lieu à découvert, où se tenaient les assemblées pour y traiter des affaires publiques et y administrer la justice. C'est en effet en ce sens là qu'il est pris dans les ordonnances de nos premiers rois, qui le nomment aussi *hasta*, d'où nous avons fait le nom de *halle*.

Mais ceux qui nous semblent avoir le mieux rencontré lui donnent pour origine l'anglo-saxon *staple* ou l'allemand *stapelen*, *staple*, qui signifie,— dans l'une et l'autre de ces langues, —*marché* ou *foire publique*, et comme une espèce d'entrepôt d'où l'on retire les marchandises pour les transporter et les débiter ailleurs.

LA HALLE AU VIN

Les marchands forains étaient obligés par les anciennes ordonnances de vendre leurs vins dans leurs bateaux. Cela les exposait à de grandes incommodités et souvent à des pertes considérables, par les chaleurs, les inondations et les glaces.

Il est vrai qu'en cas de nécessité et avec la permission du prévôt et des échevins, ils pouvaient encaver les deux tiers de leurs vins sous les halles de l'Hôtel-de-Ville ; mais les agrandissements de Paris sous Louis XIV y attirèrent une plus grande abondance de vin, et on dut s'occuper sérieusement de trouver pour les vins un lieu d'entrepôt.

Le plus grand nombre des promeneurs qui passent, en allant au Jardin-des-Plantes, devant l'entrepôt des vins, ne se doutent guère de l'importance commerciale et fiscale de cet établissement.

En 1656, le sieur de Charamande et le sieur de Baase, maréchal-de-camp, obtinrent du roi la faculté de former un établissement de ce genre.

L'administration des hôpitaux, — qui depuis a été remplacée par celle de l'assistance publique, — refusa tout d'abord de consentir à l'exécution de ce projet de halle aux vins ; puis, en 1662, elle finit par céder, à la condition toutefois qu'elle recevrait la moitié des bénéfices.

Quelque temps après, on agrandit cette halle de toute la portion de terrain qu'occupait la chapelle Saint-Ambroise, qui fut démolie, ce qui n'empêcha pas d'en reconnaître bientôt l'insuffisance pour les besoins de la capitale.

Napoléon Ier, par son décret du 30 mars 1808, ordonna la construction d'une halle nouvelle beaucoup plus vaste.

L'entrepôt devait être disposé pour recevoir cent cinquante mille pièces de vin au moins.

Les travaux commencèrent sous la direction de M. Gaucher, architecte, et la première pierre fut posée le 15 août 1811.

Le 8 novembre 1814, cinq celliers du côté du quai furent mis à la disposition des marchands de vin ; la grosse construction ne fut achevée qu'en 1818, et tous les travaux ne furent entièrement terminées qu'en 1845.

La somme totale dépensée pour édifier et mettre ce bel établissement dans son état actuel s'est élevée à *trente millions de francs.*

La superficie du terrain où a été bâti l'entrepôt est d'environ soixante-huit mille toises, formées de tout l'espace compris entre les rues St-Victor et le quai, du nord au sud, et les rues de Seine et des Fossés Saint-Bernard, de l'Est à l'Ouest.

Il est fermé sur le quai par une belle grille en fer, sur une longueur de deux-cent-vingt toises; il est clos de même en très-grande partie sur la rue des Fossés Saint-Bernard.

Deux grands préaux et six rues séparent les magasins, au nombre de huit, qui contiennent tous les liquides.

Trois de ces magasins sont exclusivement réservés aux spiritueux de toute nature.

Les huit magasins, — que j'appellerais, pour

être plus logique, *quartiers*, — se divisent en trois cent-trente-cinq caves ou celliers, destinés aux vins, huiles et vinaigres, pouvant contenir un million d'hectolitres ; et en soixante-neuf celliers pour les spiritueux, lesquels peuvent recevoir cent-cinquante mille hectolitres..

Soixante-six fontaines fournissent l'eau nécessaire à la propreté des rues et au rinçage des futailles.

Le produit moyen des locations s'élève annuellement à 325,000 francs, et celui des droits perçus au profit du Trésor et de la caisse municipale à la somme de *dix millions*.

Le port annexe, construit devant l'Entrepôt et en dépendant, a un développement de huit cents mètres de long.

Les six rues qui encadrent les magasins ou quartiers sont les rues de *Bordeaux*, de *Cham-*

pagne, de *Bourgogne*, de *Languedoc*, de *Touraine* et de la *Côte-d'Or*.

Les préaux et les rues ont été plantés d'arbres, qui donnent un ombrage des plus agréables aux nombreux vendeurs et acheteurs, qui, chaque jour, viennent débattre leurs intérêts dans ce grand centre.

Cet entrepôt est occupé en grande partie par des marchands de vin en détail de Paris, qui, faute de caves suffisantes chez eux, déposent là les marchandises qu'ils font venir des vignobles de l'intérieur.

Néanmoins on y compte des maisons de commission et de gros très-considérables : MM. Mayeur frères, Elie Lanquetin, Bertier, Baubant, pour les vins ; et MM. Gustave Claudon, Gasquet, Léon Vernier et Taragon pour les alcools.

Certes, l'importance de l'entrepôt du quai

Saint-Bernard est très-grande; elle est toutefois infiniment moindre que celle de l'entrepôt de Bercy, qui est, sans contredit, le plus vaste marché de liquides qu'il y ait en Europe.

On en peut juger par les chiffres suivants :

Les *existences* renfermées dans Bercy s'élevaient au 1er janvier 1858 à deux millions 282,161 hectolitres (au lieu d'un million, 150,000 hectolitres), ce qui équivaut à un million de fûts; et le commerce de Bercy donne par an, tant au Trésor qu'à l'octroi, plus de 20 millions de francs (au lieu 10 millions, 325,000 francs) pour droits d'entrées dans la capitale.

Les arrivages provenant de la Basse-Bourgogne, du Mâconais, de la Champagne, de l'Orléanais, de la Touraine, de la Loire, de l'Anjou, du Bordelais, de la Charente, de la Côte-d'Or, du Midi, etc., etc., etc., se faisaient autrefois par les deux fleuves, la Seine et la Marne, qui opèrent leur jonction un peu au-dessus de Bercy.

Aujourd'hui les transports par la voie fluviale ont bien diminué, surtout depuis l'établissement des chemins de fer de Lyon et d'Orléans, qui amènent les marchandises jusqu'au point central de la commune.

Nous pouvons répéter en toute assurance que le vin est, après les céréales, la principale richesse de notre sol.

La culture de la vigne ne couvre pas moins de deux millions d'hectares, dont 450,000 ont été plantés depuis un petit nombre d'années seulement, et dont la production moyenne est de quarante millions d'hectolitres, ayant sur place une valeur de 500 millions de francs.

Sur cette quantité, un vingtième de la production totale, c'est-à-dire près de deux millions d'hectolitres sont expédiés à l'étranger.

La valeur des futailles fabriquées annuellement est estimée à *quatre-vingts millions de francs.*

La somme dépensée pour les transports, sur mer, par canaux, chemins de fer ou voitures, n'est pas moindre de *trente millions.*

Le revenu total des droits d'octroi sur les liquides est de *quatre-vingts-millions* environ en faveur des communes.

Les droits sur l'ensemble des boissons rapportent au Trésor *cent vingt millions.*

Enfin le mouvement des affaires auquel le produit de la vigne donne lieu excède de beaucoup en France la somme énorme d'un *milliard.*

Les produits du raisin se présentent dans le commerce sous quatre formes différentes :

Sous la forme de vin ;

Sous la forme d'eau-de-vie ;

Sous la forme de trois-six ;

Sous la forme d'alcool pur;

Le vin contient de l'alcool pur dans la proportion de 3 à 4 pour cent *minimum*, et de 15 à 16 pour cent *maximum;*

L'eau-de-vie potable, de 48 pour cent;

Le trois-six, de 86 pour cent.

Ce qui facilite les transactions commerciales à Bercy, c'est sa position topographique d'abord, comme nous l'avons dit au commencement de ce livre, ensuite la proximité où il est des chemins de fer.

Lors de la création des chemins de fer d'Orléans et de Lyon, certains alarmistes de notre connaissance disaient bien haut à qui voulait les entendre : Bercy perdra de sa valeur : le commissionnaire recevra peu de marchandises; le vigneron amènera lui-même son vin à la vente; la clientèle ira faire ses acquisitions dans les vignobles, etc., etc. Et voilà-t-il pas que depuis, au contraire, les arrivages ont été plus fréquents et plus considérables, si bien que le commissionnaire qui vendait vingt mille pièces par an, à l'époque où les arrivages s'effectuaient par eau, en vend aujourd'hui en moyenne dix mille de plus.

Le commerce de la place est représenté par une commission de huit membres, qui sont :

MM. Pellou, président.
Ligeron, aîné, vice-président.
Teissonnière, secrétaire.
Delaleu.
Marais.
Rizaucourt.
Truchon.
Chamonard.

M. Pellou, président de cette commission, est retiré des affaires depuis 1852, après avoir fourni une carrière commerciale des plus honorables.

Associé, puis successeur de la maison Larroze, Pellou et Cie, il a su, par ses hautes capacités aussi bien que par sa loyauté à toute épreuve, donner à sa maison une importance et une réputation de première valeur.

Ancien membre du Conseil municipal de la commune, du Conseil d'arrondissement de Sceaux, du Conseil d'escompte au Comptoir national, ancien juge au tribunal de commerce, il a été, de plus, pendant dix-huit années consécutives, chef de bataillon de la garde nationale de Bercy.

On peut dire de M. Pellou que c'est un de ces hommes trop rares, qui honorent plus les fonctions dont ils sont investis qu'ils ne sont honorés par elles

La croix de la Légion d'Honneur lui a été souvent offerte, et assurément personne, que nous sachions, n'en était plus digne; mais chaque fois qu'on insistait pour la lui faire accepter, il se bornait-à répondre : « J'ai fait « mon devoir comme homme et comme citoyen, « que chacun fasse de même ! »

M. Pellou a sous tous les rapports, on peut le dire sans crainte d'être démenti, bien mérité du commerce de Bercy. Jamais ses conseils n'ont fait défaut à qui venait le consulter, son appui à qui le demandait. S'agissait-il de pétitions à rédiger, de démarches à faire dans un but d'intérêt public? Il était toujours prêt.

En ce moment il habite la petite ville d'Igou (Basses-Pyrénées), où il jouit de ce repos du sage, *otium cum dignitate*, auquel ses longs travaux lui donnent de si légitimes droits.

Ceux qui ont dans le cœur le sentiment de la reconnaissance, ceux qui savent rendre justice et hommage au désintéressement et au dévouement, ont vivement regretté et regretteront longtemps encore le départ de M. Pellou.

Parmi les négociants qui ont, comme M. Pellou, d'incontestables titres à la considération publique, nous nous faisons un plaisir de citer :

M. J. Pardon, l'un des vétérans du commerce des vins, qui a cédé la suite de ses affaires à MM. Delaleu et Chervet, ses anciens commis;

MM. Delaleu et Chervet, qui, imbus de ses excellents principes, ont fait de leur maison une maison des plus recommandables;

M. Ligeron, aîné, vice-président de la commission représentative du commerce des vins, ancien associé de M. Peroux ;

M. J. Courvoisier, sur le concours désintéressé duquel la commune n'a jamais compté en vain ;

M. Teissonnière, qui vient d'être nommé

membre de la Commission départementale de la Seine.

Les noms de beaucoup d'autres de nos estimables et honorés confrères auraient qualité pour bien figurer sur cette liste, et nous les y aurions volontiers inscrits, si les limites que nous nous sommes prescrites et le but que nous nous sommes proposé en commençant ce petit ouvrage ne nous imposaient à leur endroit la nécessité du silence.

Il n'est pas hors d'à-propos, ce nous semble, de donner place ici à quelques notions pratiques qui peuvent intéresser aussi bien l'acheteur que le vendeur.

L'hectolitre de vin paie, — que ce soit de l'*Argenteuil* ou du *Château-Laffitte;* — savoir :

Octroi.	10	11	20. 60
Dixième.	1		
Trésor.	8	9. 60	
2 Dixièmes.	1. 60		

Les cent bouteilles de vin paient ;

Savoir :

Octroi.	15	16. 50	30. 70
Dixième.	1. 50		
Trésor.	12	14. 40	
2 Dixièmes.	2. 40		

L'hectolitre d'alcool pur paie ;

Savoir :

Octroi.	23. 50	28. 20	107.40
2 Dixièmes.	4. 70		
Trésor.	66	79. 20	
2 Dixièmes	13. 20		

Les eaux-de-vie en bouteilles sont considérées comme alcool pur et paient au même taux : autant de bouteilles, autant de litres à payer.

MODE D'EXPÉDITION DES BOISSONS

Toute expédition de vins et d'eaux-de-vie pour Paris, ainsi que pour tout entrepositaire, marchand de vin en gros ou débitant de la banlieue et des départements, doit être accompagnée d'un acquit à caution de 25 c.

La marchandise expédiée, soit dans la banlieue, soit dans les départements, à un consommateur, doit être accompagnée d'un congé, pour lequel on paie de suite le droit de circulation fixé.

DROIT DE BANLIEUE POUR LE DÉPARTEMENT DE LA SEINE

Le consommateur paie le droit de consommation de 60 francs par hectolitre d'alcool pur, plus le décime.

Le droit de circulation dans la banlieue pour un bourgeois est de 1 franc par hectolitre de vin, plus le décime.

Le droit de banlieue est payé par le débitant, suivant la classification de la commune à laquelle il appartient.

Nous terminerons ce chapitre en appelant de tous nos vœux la création d'un vaste entrepôt, dans lequel viendraient se fondrecelui du quai Saint-Bernard et celui de Bercy.

Soixante-douze négociants ont adressé à cet effet une pétition à M. le préfet du département de la Seine ; et dix-sept négociants ont formé entre eux de leurs deniers un petit capital, ayant pour objet de couvrir les premières dépenses nécessitées par l'étude d'un si important travail.

Une commission a été nommée dernièrement.

Six de ses membres, sur les huit dont elle se compose, appartiennent au commerce des vins.

Ce sont MM. Astier, Boulay, Hemmet, Porte, Teissonnière.

Les deux autres sont MM. Dumont et Saint-Salvi.

M. Dumont, auquel tous pouvoirs ont été donnés, s'occupe activement des moyens propres à amener l'exécution de ce projet grandiose, pour la prompte exécution duquel l'administration du chemin de fer de Lyon a spontanément offert des capitaux, et M. le Préfet de la Seine a bien voulu promettre son tout puissant concours.

Jusqu'ici aucun endroit n'a été désigné pour servir d'emplacement à ce colossal entrepôt ; mais tout nous porte à croire qu'il sera construit dans Paris même, car il ne serait pas logique qu'il fût établi au-delà des murs d'enceinte, quand tous nos marchés, nos halles, le grenier d'abondance, sont situés à l'intérieur de la Capitale.

D'abord, aucune installation définitive n'est praticable sur les deux cent cinquante mètres qui forment la zône militaire ; ensuite l'éloignement de l'entrepôt nuirait considérablement à la vente.

Il n'y a qu'une voix pour reconnaître et proclamer de quel immense intérêt, quel grand bien serait pour notre commune la création d'un semblable entrepôt, où le négociant opérerait librement au lieu d'être assujetti à un régime tel que celui sous lequel nous allons bientôt nous trouver placés.

Espérons donc, qu'avec l'aide du gouvernement, jaloux de nous témoigner une fois de plus sa bienveillante sollicitude, pleine et entière satisfaction sera donnée à nos vœux !

L'HOTEL DE COURTIS

Il n'y a peut être pas une commune en France qui n'ait sa légende.

Bercy a la sienne.

La connaissez-vous, mes chers lecteurs?

J'en doute.

Vaut-elle la peine d'être connue?

Tout autant, ma foi, que beaucoup d'autres.

Je crois donc ne pouvoir mieux terminer ce petit ouvrage qu'en vous la racontant.

Elle a, d'ailleurs, le mérite d'être courte.

Puisse votre indulgence pour moi, mes chers lecteurs, trouver qu'elle l'est trop!

C'est le souhait que je forme; et, après vous avoir cordialement remerciés de la bienveillante attention que vous avez bien voulu me prêter jusqu'ici, je commence.

Sur l'emplacement qu'occupe la maison de la rue de Bercy qui porte le n° 82, s'élevait au XVIe siècle un hôtel, qui fut démoli dans les dernières années du règne de Louis XIV.

Cet hôtel, d'architecture bizarre, dont les jardins en amphithéâtre descendaient au bord de la Seine, s'appelait l'hôtel de Courtis, du nom du gentilhomme qui en était propriétaire au moment où s'ouvre ce récit.

Raoul de Courtis était un seigneur de haute lignée et de haute stature. Sa physionomie dure et farouche, ses manières hautaines, le mystère dont il s'entourait, et, par dessus tout, certaines histoires sinistres dont il avait été le héros et qu'on se racontait tout bas en le voyant passer, faisaient de lui un de ces personnages marqués au front du sceau des prédestinés du diable, que, —si peu qu'on ait au cœur l'amour de son prochain et la crainte de Dieu, — on n'aime pas à rencontrer sur son chemin... même en rêve. Haï comme la peste, il était, de tous ceux qui l'approchaient, redouté comme le feu. Il avait, comme chevalier de Malte, solemnellement juré, par la croix d'or qui brillait au côté gauche de son court manteau de velours noir, que, soldat de l'église militante, il resterait éternellement étranger à Satan, à ses pompes et à ses œuvres; mais, de ce serment sacré, il s'était tellement joué, l'impie! que, s'il faut s'en rapporter à la tradition, il avait, sans parler de ses autres crimes, — deux fois plus de rapts sur la conscience qu'il ne comptait de quartiers de noblesse. Ardent catholique sous sa peau de débauché, il figurait au premier rang des favoris du tout puissant duc d'Epernon, qui, dans sa jeunesse, avait été, lui, avec Maugiron, Joyeuse, Saint-Mégrin, plus que le favori de Henri III, ce roi d'*Héliogabalesque* mémoire. Bref, — pour le peindre en deux traits de plume, — c'était un don Juan, doublé d'un Barbe-Bleue.

Nous sommes en 1610.

Il y a un mois que le vainqueur de Coutras, d'Arc, d'Ivry, de Fontaine-Française, Henry-lè-Grand, en un mot, est tombé, rue la Ferronnerie, sous le poignard de Ravaillac.

Marie de Médicis est régente.

Le duc d'Epernon, qui est soupçonné d'avoir, comme elle, du sang royal sur les mains, gouverne sous son bon plaisir, en attendant que le florentin Concini le détrône, pour être quelques années plus tard tragiquement détrôné lui-même par Albert de Luynes, — trois fastueux scandales entre deux impérissables gloires, — Sully et Richelieu.

Les catholiques et les réformés se reprennent à s'observer avec défiance et haine ; et le feu de la guerre civile, éteint par l'édit de Nantes, menace de se réveiller sous les cendres qui le couvrent.

Raoul de Courtis est dans son boudoir, dont la croix du Christ et l'image de la vierge, ô profanation! ornent dérisoirement les lambris dorés.

Une jeune fille est à ses pieds, pleurante et suppliante.

— Un message très pressé, monseigneur, dit tout à coup Richard, son âme damnée, qui entre brusquement et lui présente un parchemins aux armes royales.

A peine Raoul y a-t-il jeté les yeux qu'il s'écrie :

— Cette belle inconsolable dans la *chambre de l'oubli* jusqu'à mon retour, et en route !

Ils partent.

Arrivés à Corbeil, ils s'y arrêtent pour souper.

Ils ne sont pas attablés depuis une demi-heure dans la salle commune de l'hôtellerie du Lion d'or, qu'un étranger en franchit le seuil, précédant un de ses serviteurs.

C'est un gentilhomme de haute stature comme Raoul de Courtis, et comme lui en costume de voyage.

Sa figure est grave et triste; mais, sous la pâleur qui recouvre son front et ses joues, et que font ressortir sa chevelure, sa moustache et sa royale d'un noir de jais, on lit l'énergie et la franchise d'une âme honnête et intrépide, et ce calme sérieux qu'au milieu des épreuves de la vie donne toujours une bonne conscience.

— Enfin !!! s'écrie-t-il, en dardant sur le chevalier de Malte, qu'il vient d'apercevoir, un regard où respirent la haine et la vengeance.

Lui ! murmure avec un involontaire effroi le chevalier de Malte, qui s'est levé précipitamment à son approche.

— Pas un pas de plus, chevalier, reprend l'étranger d'une voix sombre, et l'épée hors du fourreau !

— Qu'est-ce à dire?

— Qu'il me faut ta vie, si tu n'as la mienne.

— Es-tu fou, ou es-tu ivre?

— Oui, ivre de joie, Raoul de Courtis, de pouvoir une bonne fois et en face te dire que tu es un infâme?

— Misérable ! repart le chevalier de Malte,

se contenant avec peine ; mais qui donc es-tu? Que me veux-tu?

— Qui je suis?.. Eh ! ne le sais tu pas?... Je suis Georges de Vaudel... Ce que je veux?... Faut-il donc te le répéter? Je veux ta vie... Allons, défend-toi !...

Et, l'œil étincelant de fureur, Georges de Vaudel met l'épée au vent.

— Eh bien! soit... j'accepte... car, vrai-Dieu ! je n'ai pas moins soif de ton sang que toi du mien... Mais je ne m'appartiens pas en ce moment... Je suis porteur d'un important message de la reine-régente. Je ne serai de retour que dans quinze jours... Nous sommes au 15 juin ; au 30 donc, minuit sonnant, rendez-vous à mon hôtel de Courtis, près de Charenton, sur le bord de la Seine ; et que le Dieu vivant me foudroie comme un chevalier félon et comme un lâche, si mon épée ne te fait pas, ce soir-là, rentrer dans la gorge toutes tes insultes !

Une heure après cette scène, que nous abrégeons, Raoul et Georges chevauchaient avec leurs écuyers, l'un, — calme comme la justice céleste, — se dirigeant vers Paris; l'autre, — en proie aux plus noirs pressentiments, — galopant vers Melun.....

Dans la soirée du 30 juin, deux cavaliers, enveloppés de grands manteaux couleur de muraille, s'arrêtaient devant un pavillon gothique, qui n'était séparé de la Seine que par une verte pelouse sur laquelle le disque argenté de la lune laissait tomber ses mélancoliques rayons.

C'est ici ! dit l'un des deux cavaliers.

Ils mirent pied à terre.

— Que le Dieu d'Israel nous assiste ! repartit l'autre cavalier, en frappant à la porte du pavillon trois coups qui, d'intervalle en intervalle, retentirent lugubrement sous la voûte étoilée du ciel bleu, comme les trois notes cadencées d'un glas funèbre.

Deux valets, porteurs de torches de résine enflammées, parurent presque aussitôt, et introduisirent, en passant par un grand jardin d'un aspect inculte et sauvage, sans échanger avec eux une seule parole, nos deux visiteurs nocturnes dans une vaste salle qui avait pour plancher de larges dalles de marbre, alternant du blanc au noir ainsi que les cases d'un damier, tandis que, muets comme eux, deux palefreniers s'emparaient de la bride de leurs montures.

A la dernière vibration du beffroi de l'église de Charenton sonnant minuit, le seigneur et maître de cette mystérieuse habitation entra dans la salle où nos deux inconnus l'attendaient, par une porte secrète que masquait une riche tenture de velours cramoisi.

Un homme le suivait, — son écuyer.

A sa vue, nos deux inconnus s'inclinèrent.

Après leur avoir rendu ce froid salut :

— Georges de Vaudel, dit-il, d'un ton aussi sombre que son visage était pâle, merci d'abord de n'avoir pas manqué à ce rendez-vous qui sera, j'en jure par l'âme de ma noble mère ! le dernier que nous nous donnerons dans ce monde ; et maintenant m'expliquerez-vous le motif de l'étrange provocation que vous m'avez adressée il y a quinze jours, et qui vous amène ici, à cette heure de minuit, pour vous ou pour moi l'heure suprême !

— A tes ordres ! Raoul de Courtis, répondit Georges de Vaudel d'un ton glacial.

— Sortez ! reprit le chevalier de Malte, en montrant du doigt la porte à son écuyer et à celui de son adversaire.

— Restez ! répliqua vivement Georges de

Vaudel; vous serez, après Dieu, nos témoins.

Les deux écuyers demeurèrent immobiles et muets comme deux statues.

Georges de Vaudel reprit d'une voix sourde :

— Tu veux savoir, Raoul de Courtis, pourquoi je te haïs et pourquoi je t'ai provoqué? Je vais te le dire : j'aimais de toute la puissance de mon âme une jeune fille aussi belle que pure. Sur elle reposait tout mon avenir de bonheur sur cette terre; et cette jeune fille a été ravie par force et trahison à mon amour au moment où j'allais la conduire à l'autel... Voyons, me diras-tu enfin ce qu'est devenue Angèle de Bapeaume, ma fiancée et ta victime?

— Ma victime!... et la preuve?

— Moi! s'écria Jehan, l'écuyer de Georges de Vaudel, moi qui ai vu, de mes yeux vu, vos laquais à l'œuvre, pendant une courte absence que fut obligé de faire mon noble maître pour le service de monseigneur le duc de Sully.

— Mensonge! hurla le chevalier de Malte.

— Vérité! riposta Georges de Vaudel; et ce n'est pas l'œil seul de mon fidèle Jehan qui t'accuse. Cette lettre, la traiteras-tu aussi de mensonge? Ecoute, elle est d'Angèle elle-même.

— Assez! assez! rugit Raoul de Courtis, en tirant son épée. En garde! A moi Angèle, à toi la mort!

Alors commença entre le fiancé d'Angèle et son ravisseur une lutte terrible, inexorable.

Raoul a pour lui la force et l'adresse; Georges le sang-froid, sa conscience et Dieu. La lutte est égale, la victoire incertaine. Cependant, dans la fureur qui l'aveugle, le chevalier de Malte se découvre et l'épée de Georges l'atteint au flanc droit.

— Angèle, ou la mort! s'écrie Georges en voyant chanceler Raoul.

— Oui, la mort, mais pour toi; réplique celui-ci avec un rire amer.

Et, avec une adresse infernale, il pose le pied sur un ressort, de lui bien connu et imperceptiblement caché dans la pierre.

Une des larges dalles noires du plancher s'abaisse aussitôt sans bruit, laissant à découvert et tout béant un gouffre ténébreux, au fond duquel coulent les eaux jaunâtres de la Seine, et dans lequel a déjà trouvé son froid tombeau plus d'une innocente victime.

Georges de Vaudel, qui, dans l'énivrement de son premier succès, n'a pas vu l'abîme, va y disparaître, lorsque son fidèle Jehan pousse un cri d'horreur et d'effroi.

A ce cri sauveur, Georges se rejette vivement d'un bond en arrière; et, d'un autre bond, se porte, avec une exclamation d'écrasant mépris, sur le flanc gauche du chevalier de Malte, dans la poitrine duquel sa rapière fait une rouge et profonde trouée.

— Que Satan ait mon âme, si toutefois il en veut ! murmure celui-ci en tombant ; mais ta bien-aimée Angèle ne sera pas à toi...

Et de son reste de souffle, il tire d'un sifflet d'ivoire, pendant à son côté au bout d'une longue chaîne d'or, un son aigu, perçant comme un signal.

Puis il expire.

Ce coup de sifflet était l'arrêt de mort d'Angèle de Bepeaume, la jeune fille que nous avons vue pleurante et suppliante à ses pieds.

Quand Georges de Vaudel la retrouva dans la *chambre de l'oubli* de l'hôtel de Courtis, son corps virginal avait la glaciale rigidité du marbre ; son âme était remontée vers Dieu !

FIN.

TABLE DES CHAPITRES

1125. — Typ. GUIRAUDET et fils, place de la Mairie, 2, Neuilly.

BERCY

SON HISTOIRE, SON COMMERCE

Gravé par E. Grenais. Houiste imp Paris

ANCIEN CHÂTEAU DE BERCY _ VUE DE LA TERRASSE DES DEUX LIONS

www.ingramcontent.com/pod-product-compliance
Ingram Content Group UK Ltd.
Pitfield, Milton Keynes, MK11 3LW, UK
UKHW031904260826
14628UKWH00002B/985

9 782012 935334